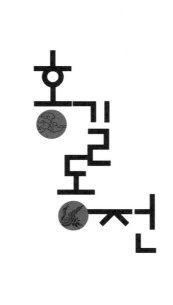

홍길동전

허균 지음

일석이조 우리고전 읽기

홍신문화사

돌 하나를 던져 새 두 마리를 잡고, 마당 쓸고 동전 줍고, 도랑 치고 가재 잡고……. 모두 한 가지 일을 하여 두 가지 이득을 얻을 때 쓰는 말이다.

고전에, 한자에, 게다가 논술까지 공부할 수 있다면, 이는 일석이조가 아니라 일석삼조가 된다.

두 사람이 바둑을 둘 경우, 바로 앞의 수를 보는 사람보다는 한두 수 앞, 아니 그보다 더 멀리 내다보고 돌을 놓는 사람이 훨씬 유리하게 마련이다. 그런 의미에서 고전이나 한자나 논술이나 세 가지 모두 먼 장래를 내다본 포석이라고 할 수 있다. 당장 눈앞에 보이는 성과가 없어도, 꾸준히 공부하다 보면 그것이 내공이 되어 결정적일 때 큰 힘이 될 것이다.

국어사전에서 '고전'이라는 말을 찾아보면 '역사적으로 널리 인정되는 훌륭한 작품이나 저서'라고 풀이되어 있다. 고전 읽기의 필요성은 아무리 강조해도 지나치지 않다. 고전은 그 작품이 나온 시대를 대표하는 것으로서, 옛것을 들어 새것을 아는 데 고전 읽기보다 더 좋은 방법은 없다.

아무리 시간이 많이 흘러도 고전이 그 가치를 잃지 않는 이유는 그 속에 어떤 해답이 들어 있기 때문이 아니다. 고전의 참된 가치는 우리가 살아가는 데 반드시 알아야 할 삶의 문제에 가까워질 수 있도록 그 길을 열어 주는 것이다.

우리 고전에는 우리가 알고 있는 것보다 훨씬 다양하고 많은 작품들이 있다. 조선시대에 접어들면서 나타나기 시작한 소설만 하더라도 거의 4백여 편에 이른다. 이 '일석이조, 우리 고전 읽기' 시리즈에서는 그 가운데 가장 널리 알려지고 '영원히 읽을 만한 가치가 있는' 작품, 그러면서도 재미라는 요소를 빼놓지 않고 갖춘 작품을 골랐다.

우리말의 8할 이상은 한자어로 이루어져 있다. 그만큼 한자는 우리 문화와 역사 속에 깊이 뿌리를 내리고 있다. 그러나 암기 위주의 한자 공부는 오히려 한자에 대한 관심과 흥미를 떨어뜨려, 한자를 싫어하고 기피하는 현상을 초래할 수 있다.

이 '일석이조, 우리 고전 읽기'에서는 누구나 재미있게 한자 공부를 할 수 있도록 잘 알려진 고전에 한자를 삽입하여, 고전을 읽는 가운데 자연스럽게 한자를 익히게 했다.

거기에다가, 앞서 읽은 작품의 내용을 되짚어보고 여러 면으로 다양하게 생각해 보는 논술로 고전 읽기를 확실하게 마무리하도록 했다. 이와 같은 논술 공부는 장래 대학입시, 더 나아가서는 사회 진출을 위한 입사시험을 보는 데도 도움이 될 것이다. 지금부터 착실하게 기초를 다진다면, 발등에 불이 떨어진 후에 논술 과외를 하는 등 시행착오를 겪지 않아도 될 것이다.

꿈은 이루어진다고 했다. 고전의 달인, 한자의 명수, 논술의 영웅을 꿈꾸며 이 책의 첫 장을 넘겨 보라.

❶ 이 시리즈는 고전 중에서도 초 · 중 · 고 교과서에 수록된 작품, 그중에서도 지루하지 않고 재미있는 작품을 우선적으로 골라 엮었다.

❷ 한자는 8급부터 3급에 해당하는 1,817자 가운데(중학생용 한자 900자 포함) 각 권당 기본한자 22~24자, 단어 100여 개를 실어, 책 한 권을 읽고 나면 최소 200자 정도의 한자를 익힐 수 있게 했다.

❸ 본문 중 어려운 낱말은 주를 달아 각 면 아래쪽에 풀이해 놓았다.

❹ 본문 중 기본한자에 해당하는 말은 광수체(예 : 아버지), 한자 단어 및 한자에 해당하는 말은 고딕체(예 : 충효)로 하고, 본문과 색깔을 달리하여 쉽게 구별할 수 있게 했다.

❺ 각 단원마다 두 면을 할애하여, 한 면에는 '핵심⁺'라 하여 작품의 구성, 내용, 저자, 시대적 배경 등 작품에 관계된 전반적인 사항을 다루고, 다른 한 면에는 본문 가운데 알아둘 필요가 있는 인명, 지명, 단어 등을 '알아두면 힘이 되는 상식'으로 풀이했다.
'호락호락 한자노트'로 각 면당 기본한자를 한 자씩 다루어, 부수, 총획수, 필순, 관련 단어, 사자성어, 파자, 속담 등 그 한자에 대한 모든 것을 한눈에 알 수 있게 했다.

❻ 책 말미 '부록'에서는 내용 되짚어보기, 논술로 생각 키우기, 한자능력검정시험 예상문제 등으로 작품에 대한 완벽한 이해와 함께 한자 실력 향상을 도모할 수 있도록 했다.

홍길동전 차례

1 아버지를 아버지라 부르지 못하고

조선시대 세종대왕 때의 이야기다.

한 재상이 있었는데, 성은 홍씨에 이름은 아무개였다. 대대로 *명문거족 출신으로 젊어서 과거에 급제하여 벼슬이 이조판서에 이르니, 그 인품의 훌륭하기가 조정과 민간에서 으뜸이고 충효를 고루 갖추어 이름을 온 나라 안에 크게 떨쳤다.

홍 판서는 일찍이 두 아들을 두었다. 한 아들은 이름이 인형인데 정실부인 유씨의 몸에서 태어나고, 한 아들은 이름이 길동인데 몸종 춘섬이 낳은 자식이다.

홍 판서가 길동을 낳을 때 꿈을 꾸었다.

맑게 개었던 하늘이 갑자기 캄캄해지더니, 번개가 번쩍번쩍하며 우르릉우르릉 천지가 진동하는 우레 소리가 났다. 그러더니 다음 순간, 검은 구름 사이로 푸른 용 한 마리가 수염을 휘날리면서 느닷없이 홍 판서의 가슴을 향해 달려들었다.

"으악!"

홍 판서는 놀라서 자기도 모르게 비명을 질렀다. 그 순간

• **명문거족(名門巨族)** : 이름난 집안과 크게 번창한 겨레.

잠에서 깨어나니, 한바탕 꿈이었다.

'용꿈을 꾸면 귀한 아들을 얻는다고 했는데……'

홍 판서는 마음속으로 크게 기뻐하며 즉시 내당으로 들어갔다.

부인 유씨가 일어나 공손히 홍 판서를 맞이했다.

"어쩐 일이십니까?"

홍 판서는 흐뭇한 마음으로 부인의 손을 이끌어 앉히고 껴안으려 하였다.

그러자 부인이 정색을 하며 말했다.

"상공께서는 지위가 높은 분이신데 어리고 경박한 사람들같이 고상하지 못한 일을 하려고 하시니, 저는 시키시는 대로 하지 못하겠습니다."

부인은 말을 마치더니 손을 뿌리치고 나가 버렸다.

홍 판서는 몹시 부끄럽고 분한 기운을 참지 못하여 사랑 채로 나와 부인의 무지함을 한탄하고 있었다.

"이거야 원……"

그때 마침 몸종 춘섬이 차를 올렸다.

'참으로 자태가 곱구나.'

홍 판서는 자기도 모르게 춘섬의 손을 잡았다. 이때 춘섬의 나이 열여덟 살이었다.

춘섬은 한번 몸을 허락한 후로 문 밖으로 나가지 않고 다른 사람을 만날 마음도 먹지 않았다. 홍 판서가 기특하게 여겨 첩으로 삼았다.

과연 춘섬은 그 달부터 태기가 있어 열 달 만에 아들을 낳았는데, 그 생김새가 비범해서 실로 영웅호걸의 기상이 엿보였다. 그 아이가 바로 길동이다.

홍 판서는 한편으로 기뻐하면서도 길동이 정실의 몸에서 태어나지 못한 것을 아쉬워했다.

길동은 점점 자라 어느덧 여덟 살이 되었다. 그는 그 총명하기가 보통이 넘어 하나를 들으면 백을 깨달으니, 홍 판서는 더욱 사랑하고 귀중하게 여겼다.

그러나 근본이 천한 몸에서 태어난 까닭에 길동이 늘 아버지나 형을 '아버지'나 '형'으로 부르면 꾸짖어 못하게 했다. 길동은 열 살이 넘도록 감히 아버지와 형을 부르지 못하고 종들조차 천대하는 것을 뼈에 사무치도록 원통해하며 마음을 바로잡지 못했다.

"저는 왜 아버지를 아버지라 부르지 못하고 형을 형이라고 부르지 못하는 건가요?"

菲 凡
아닐 비 무릇 범
4급 8획　3급 3획

자기도 모르게 홍 판서에게 아버지라고 했다가 크게 꾸중을 듣던 날, 길동은 눈물을 글썽이며 어머니 춘섬에게 따지듯 물었다.

"나도 네가 그렇게밖에 할 수 없다는 것이 가슴 아프단다. 하지만 어쩌겠느냐? 이 나라 법도가 그런 것을……."

춘섬은 가만히 한숨을 내쉬었다.

그런 어머니를 보니 길동은 더 이상 아무 말도 할 수 없었다.

그 무렵의 어느 해 구월 보름날이었다.

달이 몹시 밝고 바람은 쓸쓸히 불어 사람의 마음속에 서린 한을 불러내는 듯했다.

글방에서 책을 읽던 길동은 문득 책상을 밀쳐내고 탄식했다.

"대장부가 세상에 태어나 공자와 맹자를 본받지 못하면, 차라리 병법을 외워 *대장인을 허리 아래에 비스듬히 차고 여러 나라를 이리저리 정벌하면서, 나라에 큰 공을 세우고 이름을 만대에 빛내는 것이 즐거운 일일 것이다. 그러나 나는 어찌하여 이 한 몸 의지할 곳 없이 외롭고, 아버님과 형님이 계시는데도 아버님과 형님이라고 부르지 못하

萬　代
일만만　대신할대
8급 13획　6급 5획

• 대장인(大將印) : 옛날에 장수가 차던 신표로, 이것이 있으면 군사를 일으킬 수 있었다.

니, 심장이 터질 지경이구나. 어찌 통탄할 일이 아니겠는
가."

그러고는 뜰로 내려가 달빛을 벗삼아 검술을 익히기 시
작했다.

"이얏! 얍!"

칼이 지나갈 때마다 달빛을 가르며 하얀 빛이 원을 그
렸다.

길동은 몸을 솟구쳤다가 뛰어내렸다가 빙글빙글 돌며 칼
을 휘둘렀다.

곧 온몸에 땀이 흠뻑 배었다. 가슴속에 쌓였던 한이 조금
은 가시는 것 같았다. 답답한 방 안에서 책을 읽고 있는 것
보다는 마음이 훨씬 가벼웠다.

"어흠……."

길동이 잠시 쉬며 이마에 맺힌 땀을 식히고 있는데, 홍
판서의 기침 소리가 들렸다. 홍 판서도 마침 달빛을 구경
하러 나온 참이었다.

길동의 모습을 본 홍 판서가 불러서 물었다.

"너는 무슨 흥이 있어서 밤이 깊도록 잠을 자지 않느냐?"

홍 판서의 목소리는 엄하면서도 부드러웠다.

길동은 공경하는 자세로 허리를 굽혀 대답했다.

"소인이 달빛을 사랑하여 구경하고 있었습니다."

"달빛을 구경하는 놈이 그렇게 칼을 잡고 미친 듯이 뛰고 돌고 한단 말이냐?"

"죄송합니다, 대감마님."

길동은 고개를 숙였다.

"남들이 이 꼴을 보면 뭐라고 하겠느냐? 그만 들어가 자거라."

홍 판서는 이렇게 이르고는 돌아섰다.

"대감마님, 드릴 말씀이 있습니다."

길동이 뒷모습을 보이며 걸음을 옮기는 홍 판서에게 말했다.

"무슨 말이냐?"

홍 판서가 길동 쪽으로 돌아섰다.

"하늘이 만물을 만들 때 사람을 가장 귀하게 만들었다고 들었습니다. 그런데 소인은 도무지 귀함이 없으니 어찌 사람이라 하겠습니까?"

"그게 무슨 말이냐?"

홍 판서가 길동의 말뜻을 모를 리 없으나 일부러 야단쳐 물었다.

"소인이 평생 슬프게 생각하는 바는, 분명히 대감마님의 정기를 받아 당당한 남자가 되었으니 아버님 낳으시고 어머님 기르신 은혜가 깊은데도 아버님을 아버님이라 부르지 못하고, 형을 형이라고 부르지 못하는 것입니다. 그러니 소인이 어찌 사람이라 하겠습니까?"

萬 物
일만만 물건물
8급 13획 7급 8획

길동의 눈에서 흐른 눈물이 저고리를 적셨다. 그 모습을 보며 홍 판서는 측은한 생각이 들었다.

'그래, 내 어찌 네 한을 모르겠느냐? 내 다 안다.'

그러나 만일 그런 식으로 위로하면 그 마음이 방자해질까 염려하여 큰 소리로 꾸짖었다.

"재상 집안에 천한 종의 몸에서 태어난 자식이 어디 한둘이더냐? 다시 이런 말을 입 밖에 내었다가는 용서하지 않을 것이다."

길동은 감히 한 마디도 더 못하고 다만 엎드려 눈물을 흘릴 뿐이었다.

"그만 물러가거라."

홍 판서가 명령했다.

길동은 눈물을 훔치며 일어나 방으로 돌아갔다. 그러나 잠자리에 들어서도 슬픈 마음이 가라앉지 않아 한동안 뒤척거렸다.

그로부터 며칠 후, 길동은 가만히 어머니 춘섬의 침소로 갔다.

"무슨 일이냐?"

"소자 어머니 곁을 떠나고자 그 일을 의논하러 왔습

退
물러날퇴
4급 10획

니다."

길동의 말에 어머니는 가슴이 철렁 내려앉는 것 같았다.

"떠나다니, 그게 무슨 말이냐?"

"소자가 어머님과 전생의 인연이 있어 지금 세상에서 모자가 되었으니 은혜가 망극합니다. 그러나 소자의 팔자가 기박하여 천한 몸이 되었으니 품은 한이 깊습니다. 장부가 세상에 살면서 천대를 받는다는 것은 참을 수 없습니다. 그래서 생각다 못해 어머님 슬하를 떠나려고 하니, 엎드려 바라건대 소자를 염려하지 마시고 부디 귀하신 몸을 보전하십시오."

길동의 말을 다 듣고 난 뒤 그 어머니가 달래듯 말했다.

"재상 집안의 천한 종에게서 태어난 몸이 너뿐만 아닌데, 어찌 그런 생각을 해서 어미의 간장을 태우느냐?"

"소자 이미 굳게 마음먹은 일입니다. 허락해 주십시오. 옛날 장충의 아들 *길산은 천한 몸으로 태어났으나 열세 살에 그 어미를 이별하고 운봉산에 들어가 도를 닦아 아름다운 이름을 후세에 길이 전했습니다. 소자는 그를 본받아 교훈을 삼고 세상을 벗어나려 하니, 어머님은 안심하시고 뒷날을 기다리십시오."

教 訓
가르칠교 가르칠훈
8급 11획 6급 10획

• 장길산(張吉山) : 조선 숙종 때의 비적의 우두머리. 광대 출신으로 무리를 이루어 황해도 일대에서 활약했다.

"네가 떠나면 이 어미는 누굴 의지하고 살아간단 말이냐?"

어머니의 눈에서는 눈물이 하염없이 흘러내렸다.

길동의 눈에도 눈물이 맺혔다.

誰
누구 수
3급 15획

핵심⁺ 사회제도의 모순을 비판한 〈홍길동전〉의 작가 허균(許筠)

조선 중기의 문신이자 문학가이다. 1597년 문과에 급제한 후 여러 벼슬을 거쳐 좌참찬에 올랐으나, 관직 생활은 세 번이나 파직당하는 등 파란의 연속이었다. 시문에 뛰어난 재능을 보인 천재였으나, 광해군 때인 1618년 반란을 계획한 것이 탄로나 처형당했다.

好樂好樂 한자 노트

아비부 | 총 4획 | 부수 父 | 8급

오른손에 도끼를 들고 일하는 남자의 손 모양을 본뜬 글자이다.

父女(부녀) : 아버지와 딸.
父母(부모) : 아버지와 어머니.
父子(부자) : 아버지와 아들.
父親(부친) : 아버지의 높임말.

내가 찾은 사자성어

아비부 전할전 아들자 전할전
父傳子傳
부 전 자 전

내용 ≫ 대대로 아버지가 아들에게 전함. 아버지와 아들의 생김새나 행동이 비슷할 때 쓰는 말이다.

조선시대의 서얼(庶孼) 차별

서얼이란 정실이 아닌 첩에게서 난 자손을 가리키는 말이다. 정실의 자식과 달리 관직에 나아가는 것을 원칙적으로 금지당했으며, 재산 상속과 가족 내의 위치에서도 차별대우를 받았다. 서얼 차별은 조선 초기 제3대 왕 태종 때부터 시작되었는데, 중기와 후기에는 하나의 사회문제가 되었다. 서얼 차별은 중국에는 없는 우리의 독특한 풍습이다.

맏형 | 총 5획 | 부수 儿 | 8급

입(口)으로 어진(儿) 말을 하여 타이르는 사람을 뜻한다.

兄夫(형부) : 언니의 남편.

兄弟(형제) : 형과 아우.

學父兄(학부형) : 학교에 다니는 학생의
　　　　　　　보호자를 두루 일컫는 말.

내가 찾은 속담

형만한 아우 없다

≫ 세상에 먼저 나와 좀더 경험이 많은 형이 아무래도 아우보다는 낫다는 말. 즉 아무리 아우가 똑똑하다 해도 형보다는 못하다고 할 때 쓰는 말이다.

음 모

곡산어미는 곡산 땅에서 기생을 하던 여자로 홍 판서의 총애를 받아 첩으로 들어왔는데, 이름은 초란이었다.

그녀는 원래 그 성품이 매우 교만하고 방자하여 제 마음에 맞지 않으면 홍 판서에게 가서 헐뜯고 없는 일을 거짓으로 고해 바쳤다. 이로 인하여 집안에 좋지 않은 일이 수없이 많이 생겼다. 그 가운데서도 그녀는, 저는 아들이 없고 춘섬은 길동을 낳아 홍 판서가 항상 귀하게 여기는 것을 마음속으로 불만스럽게 여겼다.

'나도 아들 하나만 있으면 대감의 총애를 독차지할 수 있을 텐데……. 어떻게 하면 아무도 모르게 길동을 없애 버릴 수 있을까?'

길동과 그 어머니 춘섬을 눈엣가시처럼 여기어 없애려고 갖은 꾀를 다 내던 초란은, 어느 날 몸종을 시켜 무녀를 불러들였다.

"앞으로 내 일신이 편안해지려면 길동을 없애는 수밖에 없네. 자네가 만일 내 소원을 이루는 데 도움을 준다면 그 은혜를 후하게 갚을 걸세."

초란의 말에 무녀가 무릎걸음으로 다가앉으며 목소리를 낮추어 소곤거렸다.

"지금 *홍인문 밖에 용한 관상쟁이 여자가 있습니다. 사람의 관상을 한 번 보면 앞뒤의 길하고 흉한 일을 판단하니, 그 사람을 청하여 미리 말을 맞춘 다음 대감께 추천하십시오. 집안의 지난 일을 본 것처럼 고하고 나서 길동의 상에 대해 이러저러하게 아뢰면, 대감께서도 반드시 크게 혹하시어 없애려고 하실 것입니다. 그때를 타서 여차여차하면 어찌 묘한 계책이 아니겠습니까."

"과연 묘한 생각일세."

초란이 매우 기뻐하며 우선 은전 오십 냥을 던져 주었다.

무녀는 재빨리 치마폭을 벌려 돈을 받았다.

"웬 돈을 이렇게 많이……."

"얼른 가서 그 관상쟁이를 청하여 오게. 일만 제대로 되면 내 더 생각해 주겠네."

초란의 말에 무녀는 얼굴에 만족한 미소를 지었다.

"알겠습니다, 마님. 곧 데리고 옵지요."

무녀는 하직 인사를 하고 종종걸음으로 돌아갔다.

이튿날, 홍 판서는 내당에 들어와 유씨 부인과 길동의 비

觀　相
볼관　서로상
5급 25획　5급 9획

* 홍인문(興仁門) : 지금의 동대문.

범함에 대해 이야기를 나누고 있었다.

"하나를 가르치면 열을 깨우치고, 무엇이든 한 번 보면 모르는 것이 없는 아이요. 하지만…… 비록 영웅의 기상이 있다 하나 그걸 어디에 쓰겠소? 그 아이가 부인 몸에서 태어나지 않은 것이 천추의 한이오."

홍 판서가 이렇게 한탄하니, 유씨 부인은 민망한 표정을 감추지 못했다.

그때였다. 한 여자가 집 안으로 들어와 대청 아래서 절을 했다.

"대감마님, 소인 인사드립니다."

홍 판서가 이상하게 여겨 물었다.

"그대는 누구인데, 무슨 일로 왔는가?"

"소인은 관상하는 것을 일삼아 사는 사람입니다. 그런데 마침 이 근처를 지나가다가, 저도 모르게 발길이 대감마님 댁으로 향했습니다."

"흠, 관상이라……."

잠시 무엇인가 생각하던 홍 판서는 그 관상쟁이를 안으로 불러들였다.

"자네에게 보이고 싶은 사람이 있네."

千 秋
하늘천 가을추
7급 3획 7급 9획

홍 판서가 말했다.

부인과 길동의 일을 이야기하던 참이었으므로 그 앞날에
대해 알고 싶었던 것이다.

홍 판서는 곧 사람을 시켜 길동을 불렀다.

"부르셨습니까?"

"그래, 이리 들어오너라."

길동이 들어와 홍 판서 앞에 꿇어앉았다.

그 관상쟁이는 길동의 얼굴을 찬찬히 들여다보다가 짐짓

놀란 표정을 지었다.

"이 공자의 상을 보니, 일찍이 유례가 없는 영웅이요 한 시대를 뒤흔들 호걸입니다. 다만 신분이 낮으니 다른 염려는 없을 것으로 보입니다."

그리고 무슨 말을 더 하려다가 좌우의 눈치를 살피며 입을 다물었다.

홍 판서와 부인이 매우 이상히 여겨서 재촉했다.

"무슨 말인지 바른 대로 고하여라."

관상쟁이가 마지못한 듯 주위 사람들을 내보내 달라는 눈짓을 했다.

"다들 그만 나가 보아라."

홍 판서가 길동과 하인들에게 일렀다.

길동과 하인들이 물러가자, 관상쟁이는 비로소 말을 이었다.

"공자의 얼굴을 보니 마음속에 조화가 끝이 없고 미간에 산천의 정기가 영롱하게 맺혀 있으니, 정녕 왕이나 제후가 될 기상입니다. 그래서…… 감히 아뢰기가 두렵습니다만, 장성하면 장차 가문이 멸망하는 재앙을 당할 것이니, 대감마님께서는 살펴 생각하십시오."

그 말에 홍 판서는 크게 놀라서 얼굴이 하얗게 질렸다.

"뭐라고? 그게 사실이냐?"

"뉘 앞이라고 거짓을 말하겠습니까? 소인은 그저 눈에 보이는 대로 말씀드린 것뿐입니다."

홍 판서는 한숨을 쉬며 한동안 잠자코 있다가, 이윽고 마음을 정한 듯 입을 열었다.

"사람의 팔자는 도망하기 어려운 것이니라. 너는 이런 말을 절대로 입 밖에 내지 말라. 만일 함부로 입을 놀렸다가는 목숨을 부지하기 어려울 것이니라."

그렇게 당부하고 홍 판서는 그 관상쟁이에게 약간의 은전을 주어 보냈다.

그런 일이 있은 후 홍 판서는 길동을 집 뒤 산속에 따로 지은 거처에 머물게 했다.

"이제부터 밖으로 나가지 말고 근신하도록 하여라."

그리고 홍 판서는 길동의 행동 하나하나를 엄하게 살폈다. 이런 일을 당하고 보니 길동은 더욱 서러움을 이기지 못했다. 어디에 하소연할 수 없는 울분에 가슴이 답답했다.

'전생에 무슨 죄가 있기에…….'

그러나 곧 마음을 가라앉히고 거처에 들어앉아 *육도삼략과 천문, 지리를 공부했다.

銀　錢
은은　돈전
6급 14획　4급 16획

• 육도삼략(六韜三略) : 중국의 병서(兵書)인 《육도(六韜)》와 《삼략(三略)》을 말한다. 《육도》는 태공망(太公望), 《삼략》은 황석공(黃石公)이 지었다고 전해진다.

홍 판서는 그 사실을 알고 크게 근심했다.

'이놈이 보통 아이들과 달라서 본래부터 재주가 있으니, 만일 분수에 넘치는 일에 마음을 두면 관상쟁이의 말처럼 집안에 큰 화가 미칠 텐데……. 이 일을 앞으로 어찌해야 할 것인가?'

이때를 틈타 초란은 무녀 및 관상쟁이와 내통하여, 홍 판서의 마음을 놀랍게 하고 길동을 없애려고 많은 돈을 들여 자객을 구했다.

그 자객의 이름은 특재였다. 특재는 힘도 세고 담력도 뛰어나고, 무엇보다 칼 쓰는 솜씨가 귀신 같다고 했다.

초란은 남모르게 특재를 불러들여 앞뒤의 사정을 자세하게 이야기해 준 다음 일렀다.

"내 곧 기별을 할 것이니, 가서 기다리고 있거라."

"알겠습니다, 마님."

특재가 돌아간 뒤, 초란은 홍 판서의 기색을 살피다가 기회를 엿보아 고했다.

"일전에 관상쟁이가 길동에게 왕의 기상이 있어 만일 외람된 일이 있으면 집안에 큰 화가 닥칠 것이라고 하지 않았습니까? 천첩도 놀랍고 두렵게 생각되오니, 큰일을 생각하

分 數
나눌분 셈수
6급 4획 7급 15획

시어 일찍 그 아이를 없애는 것이 좋을 듯합니다."

이 말을 듣고 홍 판서는 못마땅한 듯 눈썹을 찡그렸다.

"네 어찌 감히 그런 말을 가볍게 입에 올리는 것이냐? 이 일은 내가 알아서 할 것이니 너는 번거롭게 굴지 말라."

홍 판서의 기세가 워낙 엄하여 초란은 더 이상 말하지 못하고 물러갔다.

氣 勢
기운 기 형세 세
7급 10획 4급 13획

핵심+ 문학사로 본 〈홍길동전〉

첫째 우리나라 최초의 국문 소설이다. 둘째 비로소 소설다운 형태를 갖추었다. 셋째 저항 정신이 깃들인 현실 참여적 문학이다. 넷째 〈구운몽〉, 〈사씨남정기〉 등 후대 소설에 영향을 주었다.

好樂好樂 한자 노트

사람 인 | 총 2획 | 부수 人 | 8급

사람이 팔을 뻗고 서 있는 옆모습을 나타낸 글자이다.

人家(인가) : 사람이 사는 집.
人間(인간) : 사람.
人格(인격) : 사람의 인품.
人權(인권) : 인간으로서 당연히 갖는 기본
    적 권리.
人道(인도) : 사람이 다니는 길. 사람으로서
    마땅히 지켜야 할 도리.
女人(여인) : 여자.

내가 찾은 사자성어

사람인 메산 사람인 바다해
人山人海
인 산 인 해

내용 » 사람이 헤아릴 수 없이 많이 모인 상태를 이른다.

사주(四柱)와 팔자(八字)

사람이 태어난 연, 월, 일, 시를 간지(干支), 곧 천간(天干)과 지지(地支)로 나타
낸 것이 사주이다. 사주의 간지가 각각 두 글자씩이고 이것을 합하면 여덟 글자
가 되므로 팔자라 불리기도 한다. 흔히 사주팔자를 풀어 보면 그 사람의 타고난
운명을 알 수 있다고 한다.

큰대 | 총 3획 | 부수 **大** | 8급

팔, 다리를 벌리고 서 있는 사람의 모습을 본뜬
글자이다.

大國(대국) : 땅이 넓은 나라. 힘이 강한 나
　　　　 라.
大王(대왕) : 훌륭하고 업적이 뛰어난 임금
　　　　 을 높여 일컫는 말.
大戰(대전) : 여러 나라가 넓은 지역에 걸쳐
　　　　 벌이는 큰 싸움.
四大門(사대문) : 조선시대 서울 도성의 동
　　　　 서남북에 세운 네 성문.

내가 찾은 속담

큰 벙거지 귀 짐작

≫　벙거지가 아무리 커도 귀에는 걸려서 흘러내리지 아니할 것이라는
뜻으로, 짐작으로 한 어떤 일이 비슷하게 맞아 들어가거나 짐작으로 어떤 일
을 대충 처리하게 됨을 비유적으로 이르는 말.

이렇게 초란의 말을 물리쳤으나, 홍 판서는 마음이 어지러워 밤이면 잠을 이루지 못했다. 잠을 못 이루니 자연히 밥을 먹어도 맛을 모르고, 결국 병을 얻어 몸져눕고 말았다.

이에 부인과 *좌랑인 큰아들 인형은 크게 근심했다.

"이 일을 어쩌면 좋으냐?"

부인은 땅이 꺼져라 한숨을 쉬었다.

"정말 큰일입니다. 마음의 근심이 병이 되신 모양인데……."

인형도 어찌할 바를 몰라 어두운 표정을 지었다.

두 사람이 걱정하는 것을 보고 초란이 곁에 있다가 말했다.

"대감이 몸져누우신 것은 다 길동이 때문입니다. 관상쟁이의 말을 들은 뒤로 이러지도 저러지도 못하고 고민하시다가 저리 되신 것이니, 대감께서도 길동을 없애고자 하지만 차마 마음을 정하지 못하시는 듯합니다. 제 미련한 소견으로는 길동을 먼저 없앤 다음 대감께 아뢰는 것이 좋을 듯합니다. 그러면 기왕에 저지른 일이니, 대감께서 아시게 되어도 어쩔 수 없어 마음에서 지우고, 자연히 병환도 쾌차

既 往
이미기 갈왕
3급 11획 4급 8획

• **좌랑(佐郎)** : 조선시대의 벼슬. 육조(六曹)의 당하관으로 정육품직.

하실 뿐 아니라 가문을 보전할 것이라 여겨집니다. 제 생각이 어떻습니까?"

초란의 말에 부인은 고개를 저었다.

"아무리 그렇다고 하지만, 천륜이 있는데 사람으로서 차마 할 짓이겠느냐?"

초란이 다시 말했다.

"들자니 특재라고 하는 자객이 있어 사람 죽이는 것을 주머니 속의 물건을 잡는 것처럼 쉽게 한다 합니다. 그에게 많은 돈을 주어 밤에 잘 때 들어가 해치우게 하면 감쪽같을 것입니다. 머뭇거리다가 정작 큰일이 생기면 그때는 후회해도 돌이킬 수 없을 것이니, 부인께서는 깊이 생각하십시오."

이윽고 부인과 인형이 눈물을 흘리며 말했다.

"이것은 차마 못할 일이지만, 첫째로는 **나라**를 위하는 것이고, 둘째로는 대감을 위하는 것이고, 셋째로는 홍씨 가문을 보존하기 위한 것이라. 너의 계교대로 일을 처리하여라."

'그러면 그렇지. 내 수단에 안 넘어가고 배겨?'

초란은 크게 기뻐하며 회심의 미소를 지었다.

곧 자기 거처로 돌아온 초란은 다시 특재를 불러들였다. 그리고 돈을 넉넉히 주며 일렀다.

天 倫
하늘천 인륜륜
7급 4획 3급 10획

失 手
잃을실 손수
6급 5획　7급 4획

"오늘밤에 길동을 없애라. 쥐도 새도 모르게……. 만에 하나라도 실수하는 날엔 너나 나나 살아남지 못할 것이다. 알겠느냐?"

"틀림없이 처리할 테니 염려 마십시오. 소인 아직까지 한 번도 실수를 한 적이 없습니다."

특재는 자신 있게 말하고 돈을 허리춤에 쑤셔 넣은 후 방에서 나갔다.

한편, 길동은 그 원통한 일을 생각하면 한 시각도 지체하지 못할 일이지만, 홍 판서의 명령이 지엄하여 어쩔 수 없이 산 속 정자에서 꼼짝 않고 지냈다. 그러다 보니 밤이면 잠을 이루지 못했다.

그날 밤도 길동은 촛불을 밝게 켜놓은 채 《주역》을 읽고 있었다.

그러다가 밤이 깊어 그만 자리에 들려고 하는데, 문득 까마귀가 세 번 울고 가는 소리가 들렸다.

"거 참 이상하다. 까마귀는 본래 밤을 싫어하는데, 이 밤 중에 울고 가니 매우 불길한 징조이다."

잠깐 *팔괘를 벌여 본 길동은 깜짝 놀랐다.

"앗, 누군가 나를 해치려 하는구나!"

• 팔괘(八卦) : 옛날 중국의 복희씨가 천문 지리를 관찰하여 지었다는 여덟 가지 괘. 이를 이용하여 사람의 길흉화복을 점친다.

길동은 재빨리 책상을 밀쳐내고 *둔갑법을 써서 몸을 숨겼다. 그리고 가만히 그 동정을 살펴보기로 했다.

사경쯤 되었을 때였다. 한 사람이 비수를 들고 천천히 방문을 열고 들어오는 것이었다. 달빛에 칼날이 번뜩였다.

'흠, 역시 내 짐작이 맞았군.'

길동은 급히 술법을 부리는 주문을 외웠다.

갑자기 한 줄기 음산한 바람이 일어나더니, 집은 간 데 없고 첩첩 산중의 풍경이 장엄하게 펼쳐졌다.

특재는 깜짝 놀라 비수를 감추고 도망가려고 했다. 그런데 문득 길이 끊어지고 까마득히 높고도 험한 절벽이 앞을 가로막으니 *진퇴유곡이었다.

특재는 재빨리 몸을 돌려 뒤로 몇 걸음 뛰었다. 그런데 이번에는 눈앞이 아찔할 정도로 높은 벼랑 끝이었다.

특재가 앞으로 가지도 못하고 뒤로 가지도 못한 채 쩔쩔매고 있는데, 어디선가 낭랑한 피리 소리가 들려왔다.

특재는 고개를 들어 피리 소리가 나는 쪽을 쳐다보았다. 웬 어린 소년이 나귀를 타고 오면서 피리를 불고 있었다.

이윽고 그 어린 소년이 피리 불기를 그치고 특재를 꾸짖었다.

少 年
적을소 해년
7급 4획 8급 6획

• 둔갑법(遁甲法) : 마음대로 자기 몸을 감추거나 다른 것으로 변하게 하는 방법.

• 진퇴유곡(進退維谷) : 나아갈 수도 없고 물러설 수도 없이 궁지에 몰려 있음을 이르는 말.

"네가 무슨 일로 나를 죽이려고 하느냐? 죄 없는 사람을 해치면 어찌 하늘이 내리는 벌이 없겠느냐?"

그리고 주문을 외우니, 갑자기 한바탕 검은 구름이 일어나며 큰 비가 퍼붓듯이 오고 모래와 돌멩이가 날렸다.

특재가 정신을 수습하여 살펴보니, 그 어린 소년은 바로 길동이었다.

비록 그 재주를 신기하게 여기나, 특재는 '어찌 나를 상대하여 이길 것인가?' 하고 크게 소리쳤다.

"너는 죽더라도 나를 원망하지 말라. 초란 마님이 무당과 관상쟁이를 시켜서 대감과 의논하고 너를 죽이려 하는 것이니, 어찌 나를 원망할 일이겠느냐."

怨 望
원망할 원 바랄 망
4급 9획 5급 11획

그러면서 특재는 칼을 들고 달려들었다.

길동이 분기를 참지 못하여 요술로 특재의 칼을 빼앗아 들고 크게 꾸짖었다.

"네가 재물을 탐하여 사람 죽이는 것을 즐기니, 너같이 무도한 놈을 죽여서 뒤탈이 없게 하리라."

길동이 칼을 들고 한 번 휘두르니 특재의 머리가 방바닥에 굴러떨어졌다.

길동은 그날 밤에 바로 흥인문 밖에 살고 있는 관상쟁이의 집으로 달려갔다.

다짜고짜 관상쟁이 여자의 머리채를 잡아끌고 특재가 죽은 방으로 끌고 와서 내동댕이치며 꾸짖었다.

"이 요망한 것, 네가 나와 무슨 원수가 졌기에 초란과 한 가지로 나를 죽이려 하느냐?"

"앗!"

특재가 죽어 있는 것을 본 관상쟁이가 사시나무처럼 온 몸을 부들부들 떨며 두 손을 모아 싹싹 빌었다.

"아이고, 도련님, 저는 아무 죄도 없습니다. 저는 그저 초란 마님이 시키는 대로 했을 뿐입니다. 부디 너그러이 용서해 주십시오."

"시키는 대로 할 짓이 따로 있지. 그래, 사람 죽이는 일도 시키는 대로 한단 말이더냐? 내 너를 죽여 후세의 본보기가 되게 하리라."

後 世
뒤 후 인간 세
7급 9획 7급 5획

길동은 비굴하게 목숨을 애걸하는 관상쟁이를 향해서도 칼을 휘둘렀다. 한 칼에 그 목이 떨어지니, 가련하기 짝이 없었다.

조선 선조 때의 시인 이달(李達)

허균의 스승으로, 서자 출신이다. 최경창, 백광훈과 함께 당시 (唐詩)로 이름을 떨쳐 삼당파(三唐派) 시인으로 불렸다. 문학적 재능이 있으면서도 어머니가 천한 신분이라 벼슬자리에 나아가지 못하고 불우한 일생을 보냈다. 허균은 이달의 영향을 받아 당시 사회제도를 과감하게 비판한 〈홍길동전〉을 썼다.

好樂好樂 한자 노트

나라국 | 총 11획 | 부수 口 | 8급

울타리 안에 땅, 국민, 창(戈)이 있으니 '나라'의 뜻이다.

國軍(국군) : 우리나라의 군대.
國力(국력) : 나라의 힘.
强國(강국) : 세력이 강한 나라.
外國人(외국인) : 다른 나라의 사람.

내가 찾은 사자성어

기울경 나라국 갈지 빛색
傾國之色
경   국   지   색

내용 » 나라가 기울어지게 할 정도로 빼어난 미녀, 즉 나라 안에서 제일가는 미녀를 말함.

옛날 시간

옛날 우리 조상들은 밤을 다섯으로 나누었다. 이 시간을 5경이라 했는데, 오후 7시에서 오전 5시까지의 10시간을 2시간씩 나누었다. 본문 중 특재가 길동을 해치기 위해 등장하는 4경은 오늘날의 기준으로 보면 오전 1시에서 오전 3시가 된다.

메산 | 총 3획 | 부수 山 | 8급
산의 모양을 본뜬 글자이다.

山所(산소) : '무덤' 을 높이어 이르는 말.
山水(산수) : 산과 물이란 뜻으로, 자연의
　　　　　　아름다운 경치.
山中(산중) : 산속.
山川草木(산천초목) : 산과 내와 풀과 나무,
　　　　　　곧 자연을 이르는 말.

내가 찾은 속담

산 넘어 산

≫ 갈수록 고생이 겹치거나 더 심해짐을 이르는 말.

집을 떠나다

길동이 두 사람을 죽이고 천기를 살펴보니, 은하수는 서쪽으로 기울어지고 달빛은 희미하여 근심과 회포를 돋우었다.

처음에는 분한 **마음** 을 걷잡지 못하여 그대로 뛰쳐나와 초란이 있는 곳으로 향했다. 그러다가 그만 발걸음을 멈추었다.

'그는 아버님이 사랑하시는 여인인데, 내 한때의 분으로 어찌 인륜을 저버리겠는가. 차라리 내가 피하고 말자.'

길동은 잡고 있던 칼을 땅바닥에 힘껏 꽂았다. 멀리 도망하여 살 길을 구하려고 생각한 길동은 바로 홍 판서의 침소 쪽으로 발길을 돌렸다. 하직 인사를 할 생각이었다.

"대감마님."

길동은 방문 앞에 무릎을 꿇고 앉았다.

"누구냐?"

홍 판서는 문 밖에 인기척이 있는 것을 이상하게 여기고 창을 열었다.

길동이 엎드려 있는 것을 보고 홍 판서가 물었다.

下 直
아래하 곧을직
7급 3획 7급 8획

"밤이 깊었는데 너는 잠도 자지 않고 무슨 까닭으로 이러느냐?"

길동이 울며 대답했다.

"소인이 일찍이 부모님이 낳으시고 길러 주신 은혜에 만분의 일이나마 갚을까 했는데, 집안에 의롭지 못한 사람이 있어서 대감마님께 거짓말로 헐뜯고 소인을 죽이려고 했습니다."

"뭐라고? 그게 사실이냐?"

홍 판서는 깜짝 놀라 벌떡 일어났다.

"그렇습니다, 대감마님. 다행히 목숨은 보전했으니 염려하지 마십시오. 하오나 더 이상 이 집에 머무르는 것은 대감마님을 위해서도 그렇고 소인을 위해서도 바람직하지 못하다는 생각이 듭니다. 그래서 오늘 하직을 고하려고 합니다."

保 全
지킬보 온전할전
4급 9획 7급 6획

홍 판서가 생각해 보니 반드시 무슨 까닭이 있었다.

"무슨 일인지 날이 새면 알 것이니 지금은 돌아가 자고 분부를 기다려라."

그러나 길동은 그대로 엎드린 채 다시 말했다.

"소인은 지금 집을 떠나가오니 대감마님께서는 건강하

期 約
기약할기 맺을약
5급 12획 5급 9획

십시오. 다시 뵐 기약이 아득하옵니다."

"그래, 지금 집을 떠나면 어디로 갈 셈이냐?"

홍 판서가 방 밖으로 나오며 물었다.

"소인의 신세는 뜬구름과 같으니, 대감마님께서 버린 자식이 어찌 갈 곳을 정해 두었겠습니까."

길동은 눈물이 흘러내려 말을 잇지 못했다.

홍 판서가 그 모양을 보고 측은히 여겨 위로하여 말했다.

"내, 네가 품은 한을 짐작하고 있으니 오늘부터 아버지와 형을 부를 수 있도록 허락하겠다."

길동의 눈에서는 또다시 뜨거운 눈물이 흘렀다.

"소자의 가슴에 쌓이고 쌓인 한을 아버님께서 풀어 주시니, 이제는 죽어도 한이 없습니다. 엎드려 바라옵건대 아버님께서는 부디 만수무강하시옵소서."

그리고 일어나 다시 큰절을 했다.

홍 판서가 붙들지 못하고 다만 무사할 것을 당부했다.

홍 판서 앞을 물러나온 길동은 곧바로 어머니 춘섬의 침소에 가서 이별을 고했다.

"뭐라고? 정말 집을 떠난다는 말이냐?"

길동의 말을 들은 춘섬은 놀라서 눈을 크게 떴다.

"어차피 떠나고자 마음먹었던 일입니다. 그런데 피치 못할 사정으로 조금 빨라졌을 뿐입니다. 소자가 지금 어머니의 슬하를 떠나지만, 다시 모실 날이 있을 것이니 그 동안 귀하신 몸을 보중하십시오."

춘섬이 이 말을 듣고 무슨 변고가 있음을 짐작하지만, 더 이상 묻지 않았다. 다만 아들의 손을 잡고 통곡하며 말했다.

"네가 어디로 가려고 하느냐? 한집에 있어도 거처하는 곳이 떨어져 있어 마냥 그리워했는데, 이제 너를 정처없이 보내고 어찌 잊겠느냐. 네가 쉬 돌아와 모자가 다시 만날 것을 바란다."

길동은 다시 절하여 하직하고 문을 나섰다.

구름 낀 높은 산이 첩첩이 늘어서 있어 지향 없이 가니 어찌 불쌍하지 않을 것인가.

한편, 초란은 밤새 한숨도 못 자고 특재에게서 소식이 오기를 기다렸다. 그러나 아침이 되어도 끝내 아무 소식이 없었다.

'이상하다. 이럴 리가 없는데……'

초란은 몹시 궁금하여 사람을 시켜 남몰래 알아보았다.

母 子
어미모 아들자
8급 5획 7급 3획

"마님, 작은 마님!"

길동의 거처에 갔던 몸종이 엎어지고 자빠지면서 달려와 다급한 목소리로 외쳤다.

"어찌 되었더냐?"

기다리고 있던 초란이 초조함을 누르며 물었다.

"길동은 간 데 없고 사람이 죽어 있었습니다. 그것도 두 사람씩이나……."

몸종이 하얗게 질린 얼굴로 말하며 몸을 떨었다.

"두 사람? 누가 죽었다는 거냐?"

"한 사람은 관상쟁이였고, 또 한 사람은 분명 어젯밤에 왔던 그 사내였습니다."

초란은 *혼비백산하여 급히 안으로 달려들어가 유씨 부인에게 그 일을 전했다.

"마님, 길동은 어디로 갔는지 보이지 않고 자객과 관상쟁이가 죽어 넘어져 있더랍니다."

"그게 사실인가? 그렇다면 이러고 있을 때가 아니지. 당장 대감마님께 알려야겠네."

유씨 부인 또한 크게 놀라 좌랑 인형을 불러 의논하고 이 일을 홍 판서에게 아뢰었다.

事 實
일사 열매실
7급 8획 5급 14획

• 혼비백산(魂飛魄散) : 혼백이 날아 흩어진다는 뜻으로, 몹시 놀라 어찌할 바를 모르는 지경을 일컫는 말.

홍 판서가 *대경실색하여 말했다.

"길동이 밤에 와서 슬피 하직하는 것을 매우 이상하게 여겼더니 이런 일이 있었구나. 대체 길동의 목숨을 노린 자가 누구더냐?"

좌랑이 감히 숨기지 못하고 사실대로 이야기했다.

"모든 것이 초란의 짓입니다. 지난번에 왔던 그 관상쟁이와 짜고……."

"이런 *능지처참을 할 것이 있나? 당장 초란을 이 집에서 쫓아내되 다시는 이 근처에 얼씬도 하지 말라고 일러라."

홍 판서의 노여움은 대단했다.

"죽을 죄를 졌습니다, 대감마님. 한 번만 용서해 주세요."

초란이 땅바닥에 무릎을 꿇고 두 손을 모아 빌었다.

그러나 홍 판서는 들은 체도 하지 않았다.

"무엇들 하느냐? 이 악독한 계집을 당장 끌어내지 않고!"

하인들이 초란을 질질 끌고 나가자, 홍 판서는 노복을 불러 관상쟁이와 특재의 시체를 치우게 하며 그런 말을 입 밖에 내지 말라고 일렀다.

• 대경실색(大驚失色) : 몹시 놀라 얼굴빛이 하얗게 변함.

• 능지처참(陵遲處斬) : 지난날 나라나 임금에게 큰 죄를 지은 죄인에게 내리던 형벌로, 머리, 몸, 팔, 다리를 토막쳐서 죽임.

핵심⁺ 〈홍길동전〉의 중심사상

첫째 서얼 철폐 등 인간 평등 사상을 통한 봉건적 사회제도 개혁, 둘째 탐관오리의 부정부패 일소와 가난한 백성 구제, 셋째 율도국의 정벌과 지배를 통한 해외 진출과 이상국 건설 등이 바로 〈홍길동전〉에 흐르는 정신이다.

 好樂好樂 **한자 노트**

마음심 | 총 4획 | 부수 心 | 7급
사람의 염통 모양을 본뜬 글자이다.

心氣(심기) : 마음으로 느끼는 기분.
心理(심리) : 마음의 움직임이나 상태.
心中(심중) : 마음속.
良心(양심) : 자기가 한 일에 대하여 옳고 그름을 판단하고, 바른 말과 행동을 하려는 마음.

내가 찾은 사자성어

지을작 마음심 석삼 날일
作心三日
작 심 삼 일

내용 ≫ 한번 결심한 것이 사흘을 가지 못함. 곧 결심이 굳지 못함.

조선시대 중기에서 후기에 걸쳐, 같은 생각과 이익을 추구하는 붕당을 만들어 사사건건 부딪치며 이를 정권을 잡는 수단으로 삼았던 것을 말한다. 처음에는 동인(東人)과 서인(西人)으로 나뉘어 싸웠으나, 동인이 다시 남인(南人)과 북인 (北人)으로 나뉘어 흔히 사색당파라 일컫는다.

사내남 | 총 7획 | 부수 田 | 7급

밭(田)을 갈 수 있는 힘(力)이 있는 사람을 말한다.

男女(남녀) : 남자와 여자.

男便(남편) : 혼인하여 여자의 짝이 되어 사
는 남자를 그 여자에 대하여 일컫는 말.

長男(장남) : 맏아들.

好男(호남) : 쾌활하고 씩씩한 남자.

내가 찾은 속담

남자 셋이 모이면 없는 게 없다

» 남자 셋이 모이면 무슨 일이든 해낼 수 있음을 비유적으로 이르는 말.

활빈당

부모와 이별하고 **집**을 나선 길동은 걷고 또 걸었다.

정처없이 걷다가 한 곳에 다다르니 경치가 매우 **빼어났**다. 인가를 찾아 점점 들어갔는데 갑자기 눈앞에 커다란 바위 절벽이 나타나고 절벽 한가운데 바윗돌로 만든 커다란 문이 있었다.

'이런 곳에 웬 돌문일까?'

길동은 고개를 들어 돌문을 살펴보았다. 그 돌문은 웬만한 집 대문 두어 배는 될 정도로 컸다.

길동은 가만히 그 문을 열고 안으로 들어갔다. 놀랍게도 그 안에는 넓은 벌판이 펼쳐지고, 수백 채의 집이 늘어서 있었다.

'아니, 이런 곳에 사람 사는 마을이 있었네.'

四 方
넉사 모방
8급 5획 7급 4획

길동은 사방을 둘러보다가 집들이 모여 있는 쪽으로 걸어갔다.

마침 여러 사람이 모여서 잔치를 하며 즐기고 있었다. 그런데 사람들의 차림새가 평범하지 않고, 그 표정이나 행동들도 무척 험상궂고 거칠었다.

그곳은 사실 도적의 소굴이었다.

길동이 그들을 보며 고개를 갸웃거리는 사이에 그들도 길동을 발견했다.

그들은 길동의 사람됨이 녹록치 않은 것을 보고 반기며 물었다.

"그대는 어떤 사람이기에 이곳에 찾아왔는가? 이곳은 영웅이 모여 있으나 아직 우두머리를 정하지 못했으니, 그대가 만일 용맹스러운 힘이 있어서 참여하고자 한다면 저 돌을 들어 보라."

길동이 그 말을 듣고 다행스럽게 생각하며 절을 하고 말했다.

"나는 서울 홍 판서의 미천한 소실의 몸에서 난 길동이라 하오. 집안에서 천대를 받지 않으려고 세상천지를 다니다가 우연히 이곳에 들어왔는데, 이제 모든 호걸의 동료가 되기에 이르렀으니 고마워 뭐라고 할 말이 없소. 대장부가 어찌 저만한 돌 들기를 근심하겠소?"

길동은 그 돌 있는 곳으로 걸어갔다. 그리고 기합소리와 함께 돌을 번쩍 들고 수십 걸음을 가다가 공중으로 획 던지니, 그 돌의 무게가 천 근이었다.

小 室
작을소 집실
8급 3획 8급 9획

여러 도적들이 한꺼번에 칭찬하여 말했다.

"과연 장사로다. 우리 수천 명 가운데 이 돌을 드는 사람이 없었는데, 오늘에야 하늘이 도우사 장군을 보내주셨구나."

그들 중 앞자리에 있던 두어 명이 길동의 양쪽 겨드랑이를 잡더니 가장 높은 두목 자리에 앉혔다.

"좋다. 나 역시 딱히 갈 곳을 정해 놓은 바가 없으니, 기꺼이 그대들과 함께 지내리라."

산적들은 길동에게 차례로 술을 권하고 백마를 잡아 맹세하며 언약을 굳게 했다. 백마 피를 나누어 마시는 것은 평생 동안 배반하지 않고 의리로써 따르며 충성을 다 바치겠다는 맹세의 표시였다.

"우리는 오늘부터 생사고락을 함께할 것이니, 만일 약속을 배반하고 영을 어기는 자가 있으면 군법으로 엄하게 다스릴 것이다."

길동의 말에 여러 사람이 일시에 응낙하고 종일을 즐겁게 놀았다.

그리하여 뜻하지 않게 산적 두목이 된 길동은 다음날부터 조직을 새롭게 정비했다. 몇 명씩 나누어 조를 만들고 조마다 우두머리를 정했다. 그리고 체계적으로 훈련을 시켜 무예를 닦았다. 그뿐만 아니라 전략, 전술 등도 가르쳤다. 몇 달 안 가서 산적들은 어디에 내놓아도 뒤지지 않을 군사들이 되었다.

하루는 여러 사람이 길동에게 말했다.

"우리가 벌써부터 합천 해인사를 쳐서 그 재물을 빼앗으려고 했으나 지략이 부족하여 행동을 하지 못했는데, 장군의 의향이 어떠십니까?"

길동이 웃으며 고개를 끄덕였다.

"내 머지않아 군사를 출동시키겠으니, 그대들은 시키는 대로 하라."

그리고 곧 푸른 도포에 검은 혁대를 하고 나귀를 타고 종자 몇 명을 데리고 나가며 말했다.

"내가 그 절에 가서 동정을 살피고 오리라."

그렇게 차리고 가니 영락없는 재상 집안의 자제 같았다.

길동은 그 절에 들어가 먼저 중의 우두머리를 찾았다.

"나는 경성 홍 판서 댁 아들이다. 이 절에서 글공부를 하러 왔는데, 내일 백미 스무 섬을 보낼 것이니 음식을 정갈히 차리면 너희들과 함께 먹겠다."

訓 練
가르칠 훈 익힐 련
6급 10회 5급 15회

길동이 말을 마치고 절 안을 두루 살펴보며 다음에 다시 오겠다고 하고 그 절을 나오니, 모든 중들이 기뻐했다.

길동이 산채로 돌아와 백미 수십 섬을 해인사에 보내고 여러 사람을 불러 말했다.

"내가 아무날 그 절에 가서 이리저리할 것이니, 그대들은 뒤를 좇아 이리이리하여라."

그날을 기다려 길동이 종자 수십 명을 데리고 해인사에 도착하니 모든 중들이 마중했다.

절에 들어가서 길동이 노승을 불러 물었다.

"내가 보낸 쌀로 음식이 부족하지 않던가?"

노승이 말했다.

"어찌 부족하겠습니까? 너무 황송하고 고맙습니다."

길동이 상좌에 앉아 모든 중들을 일제히 불러서 각기 상을 받게 했다. 그리고 먼저 술을 마시며 차례로 권하니, 모든 중들이 매우 감격스러워했다.

길동이 밥을 먹다가 문득 모래를 가만히 입에 넣고는 깨물었다. 그 소리가 매우 커 여러 중들이 듣고 놀라서 얼굴빛이 하얘졌다.

"이게 대체 무슨 일인가!"

길동이 일부러 크게 화를 내며 꾸짖었다.

"내가 우리나라에서 최상품으로 꼽히는 쌀을 이 절에 보냈거늘, 너희가 어찌하여 음식을 이렇게 정갈하지 못하게 했느냐? 이것은 틀림없이 나를 업신여기고 깔보기 때문이로다."

중들이 쩔쩔매며 사죄했다.

"아이고, 잘못했습니다. 부디 노여움을 푸십시오."

길동은 자리에서 벌떡 일어나 호통을 쳤다.

"여봐라, 이자들을 그냥 둘 수 없으니 당장에 꽁꽁 묶어라!"

그 명령에 따라 모든 중들을 한 줄에 묶어 앉히니, 절 안 사람들이 모두 두렵고 겁이 나서 어쩔 줄을 몰라했다.

命 令
목숨명 하여금령
7급 8획 5급 5획

이윽고 도적 수백여 명이 한꺼번에 달려들어 모든 재물을 다 제 것 가져가듯 하니, 모든 중들이 보고 단지 소리만 지를 뿐이었다.

"아니, 저놈들이 이제 보니 산적들이었구나. 아이고, 분해라! 저놈들을 그냥……."

중들은 그제야 속은 것을 알았으나 이미 때는 늦었다.

이때 *불목하니가 마침 밖에 나갔다 들어오다 이 일을 보

• **불목하니** : 절에서 밥 짓고 물 긷는 일을 맡아서 하는 사람.

고 즉시 관가에 달려가 고해 바쳤다.

"사, 산적들이 해인사를 습격하여 있는 재물을 몽땅 털어 가고 있습니다."

"산적들이 해인사 재물을 털어 간다고? 이런 변이 있나! 여봐라, 당장에 관군을 풀어 산적들을 잡도록 하라!"

합천 원이 명령을 내렸다. 그 명령에 따라 수백 명의 관군들이 도적의 뒤를 쫓아 해인사 쪽으로 달렸다.

그때 문득 보니 한 중이 *송낙을 쓰고 장삼을 입고 산에 올라 큰 소리로 말했다.

"도적이 저 북쪽 오솔길로 가니 빨리 가서 잡으시오!"

관군들은 그 절의 중이 가리키는 줄 알고 비바람같이 북쪽 오솔길로 향했다. 그러나 관군들은 날이 저물도록 산적을 찾아 헤매다 허탕을 치고 돌아갔다.

길동이 도적들을 모두 남쪽 큰길로 보내고 저만 홀로 중의 복장으로 관군을 속여 무사히 도적의 소굴로 돌아오니, 모든 사람이 벌써 재물을 털어 가지고 와 있었다.

모두 나와 허리를 구부려 절하자 길동이 웃으며 말했다.

"장부가 이만한 재주 없으면 어찌 여러 사람의 우두머리가 되겠는가."

당 場
마땅 당 마당 장
5급 13획 | 7급 12획

• 송낙 : 여승이 쓰는 모자.

그후로 길동은 조직을 다시 정비하고 스스로 *활빈당이라 이름을 지었다. 그들은 조선 팔도를 다니면서, 각 읍의 수령이 의롭지 못하게 하여 생긴 재물이 있으면 빼앗고, 혹시 가난하고 불쌍한 사람이 있으면 구제해 주었다. 그러나 백성들을 침범하지 않고 나라에 속한 재물은 조금도 범하지 않았다. 이렇게 하자 모든 도적들이 그의 뜻한 바를 알고 따르는 것이었다.

하루는 길동이 모든 사람을 모아놓고 의논했다.

"듣자니 함경 감사가 *탐관오리로 백성의 기름을 짜내

財 物
재물재 물건물
5급 10획 7급 8획

• 활빈당(活貧黨) : 가난한 사람들을 위해 일하는 무리.

• 탐관오리(貪官汚吏) : 탐욕이 많고 행실이 깨끗하지 못한 벼슬아치.

어서 백성이 모두 견디지 못한다 하는데, 그냥 내버려두면 안 될 것이다. 그대들은 나의 지시대로 하라."

그리고 한 명씩 따로따로 흩어져 들어가서는 아무날 밤에 모이라고 약속을 정한 다음, 남문 밖에 불을 질렀다.

"아니, 이게 무슨 일이냐? 어서 불을 꺼라! 어서!"

남문 쪽에서 연기가 오르는 것을 보고 함경 감사가 깜짝 놀라 소리쳤다. 관아의 아전들과 백성들이 일시에 달려나가 불을 끄느라고 온 힘을 다했다.

"이때다!"

그 틈을 타서 길동이 이끄는 수백 명의 도적들이 일시에 성 안으로 달려들어갔다. 그들이 창고를 열고 전곡과 군수품들을 털어 북문으로 달아나니, 성 안이 요란하여 물 끓듯 했다.

가까스로 불을 끄고 안도의 숨을 내쉬며 그 밤을 보낸 함경 감사는 날이 밝은 후에 살펴보고 대경실색했다. 군수품과 전곡이 들어 있던 창고가 텅 비어 있었기 때문이다.

"대체 어떤 놈들의 짓이냐? 어서 가서 도적들을 잡아라!"

감사가 펄펄 뛰며 소리소리 지르고 있는데, 홀연 감영

百 姓
일백 백 성 성
7급 6획 7급 8획

북문에 방이 붙었다.

北 門
북녘북 문문
8급 5획 8급 8획

아무날 전곡과 군수품을 도적질해 간 자는 활빈당의 우두머리인 홍길동이다.

그것은 길동이 붙인 방이었다.

"함경 감영에서 무기와 곡식을 잃고 우리가 간 곳을 찾다가 못 찾으면, 그 때문에 억울한 사람을 잡아들일 것이다. 내가 죄를 짓고 애먼 백성에게 그 화가 돌아가게 한다면, 사람은 비록 알지 못하더라도 천벌이 두렵지 않겠느냐."

그 방을 보고 함경 감사는 분을 참지 못해 펄펄 뛰었다.

"뭐, 홍길동? 활빈당? 여봐라! 아직 그놈들이 멀리 가지 못했을 것이니 어서 쫓아가 잡아 대령하라!"

그러나 군사들이 뒤쫓아갔을 때 그들은 이미 흔적도 없이 사라진 뒤였다.

핵심⁺ 이본(異本)

이본이란 내용은 비슷하나 펴낸 곳이나 펴낸 시기가 다른 책을 말한다. 〈홍길동전〉에는 서울에서 발간된 경판본 4종, 경기도 안성에서 만들어진 안성판본 2종, 전라북도 전주에서 만들어진 완판본 1종 등 여러 이본이 있다.

好樂好樂 한자 노트

집가 | 총 10획 | 부수 宀 | 7급

지붕 아래 돼지 시(豕)를 놓은 글자로, 사람이 모여 사는 집을 말한다.

家具(가구) : 집안 살림에 쓰이는 온갖 세간.
家門(가문) : 집안.
家事(가사) : 집안 살림에 관한 일.
畵家(화가) : 그림 그리는 일을 전문으로 하는 사람.

내가 찾은 사자성어

스스로자 손수 이룰성 집가
自 手 成 家
자 수 성 가

내용 》 자기 손으로 스스로 이룬다는 뜻으로, 물려받은 재산 없이 스스로의 힘으로 어엿한 살림을 이룩하는 일.

사회소설(社會小說)

사회문제나 사회현실을 다룬 소설을 말한다. 사회의 모순을 드러내어 작자의 비판을 덧붙이는 경향이 있다. 〈홍길동전〉을 비롯하여 〈전우치전〉, 〈양반전〉 등이 이에 속한다.

말씀화 | 총 13획 | 부수 言 | 7급
말하기 위해 혀(舌)를 움직이니, 이야기의 뜻이다.

話術(화술) : 말재주.
話題(화제) : 이야깃거리.
童話(동화) : 어린아이에게 들려주거나 읽
히기 위하여 지은 이야기.
手話(수화) : 귀머거리나 벙어리인 사람들
끼리 손짓으로 하는 말.

내가 찾은 속담

말 한 마디에 천냥 빚도 갚는다

≫ 말만 잘하면 어떤 어려움도 해결할 수 있다는 말.

어명

길동이 혹시 길에서 잡힐까 봐 둔갑법과 *축지법을 써서 처소에 돌아오니, 도적들이 다투어 칭찬했다.

하루는 길동이 부하들을 모아놓고 의논했다.

"이제 우리가 합천 해인사에 가서 재물을 빼앗고 함경 감영에 가서 전곡을 도적질했다는 소문이 파다하게 났을 것이고 또 내 이름을 써서 감영에 붙였으니, 오래지 않아 잡힐지도 모른다. 그대들은 나의 재주를 보라."

그리고 즉시 짚으로 일곱 개의 인형을 만들어 주문을 외우고 혼백을 불어넣었다.

일곱 명의 길동이 일시에 팔을 휘둘러 기운을 자랑하며 크게 소리를 지르고 한 곳에 모여 어지럽게 장난을 쳤다. 어느 것이 진짜 길동인지 알 수 없었다.

"저럴 수가……."

"어쩌면 저렇게 똑같지? 도무지 누가 진짜인지 알 수가 없네."

옆에서 보고 있던 부하들이 놀라서 눈이 휘둥그레졌다.

"자, 다들 이리 모여라."

• 축지법(縮地法) : 도술로 순환하는 땅 속의 기, 즉 지맥을 축소하여 먼 길을 가깝게 하는 법.

진짜 길동이 명령을 하자 가짜 길동들이 모두 한 곳에 머리를 맞대고 모였다.

"지금 온 나라 안에 나를 잡기 위한 방이 붙었다. 그러니까 이제부터는 너희들이 나 대신 팔도에 하나씩 흩어져서 활동을 하도록 하여라. 부정하게 재물을 모으고 백성들을 고생시키는 탐관오리들을 혼내 주되, 절대로 가난한 백성들의 재물에 손을 대서는 안 된다."

"네!"

가짜 길동들은 차례차례 하늘로 붕 날아올라 어디론가 사라졌다. 부하들은 가짜 길동들이 사라진 하늘을 쳐다보면서 벌어진 입을 다물지 못했다.

"여기는 너무 좁아서 우리가 활동하기에는 적당하지 않다. 문경 새재 쪽으로 산채를 옮기고 거기에서 다시 활동을 시작하도록 한다."

活 動
살활 움직일동
7급 9획 7급 11획

길동은 부하들을 이끌고 문경 새재 쪽으로 내려갔다.

가짜 길동들은 팔도에 하나씩 흩어지되 각각 사람을 수백여 명씩 거느리고 나타나니, 그중 진짜 길동이 어디에 있는지 알 수 없었다.

여덟 명의 길동이 팔도에 다니며 바람을 부르고 비를 내리게 하는 술법을 시행하니, 각 읍에 있는 창고의 곡식들을 하룻밤에 종적 없이 가져가고 서울로 올라가는 봉물을 보는 족족 빼앗았다.

이 때문에 팔도가 요란하여 각 읍의 창고를 지키는 군사는 밤에 감히 잠을 자지 못했다. 그러나 길동이 한번 움직이면 비가 오고 바람이 세차게 불며 구름과 안개가 자욱하여 하늘과 땅을 분별하지 못하니, 지키는 군사는 마치 손을 묶은 듯이 막을 방법이 없었다.

이와 같이 팔도를 돌아다니며 난을 일으킨 다음에는 '활빈당 홍길동'이라고 분명히 밝혔지만, 아무도 그 흔적을 찾지 못했다. 벼슬아치들은 언제 어느 때 길동이 나타날지 몰라 잠시도 마음을 놓을 수가 없었다.

난데없는 길동이란 큰 도적이 있어서 능히 바람과 구름을 만들고 각 읍의 재물을 탈취하며, 서울로 보내는 물품들이 올라가지 못하게 하는 작태가 무수히 많사옵니다. 그 도적을 잡지 못하면 장차 어떤 지경까지 이르게 될지 알 수 없으므로, 엎드려 바라옵건대 좌우의 포도청으로 하여금 이를 잡게 하옵소서.

이런 *장계가 연달아 팔도에서 임금에게 올라갔다. 도적의 이름이 모두 홍길동이라 하고, 전곡을 잃어버린 날짜를 보니 같은 날 같은 시간이었다.

임금이 이를 보고 깜짝 놀라서 포도대장을 불러들였다.

"이 도적의 용맹과 술법은 옛날의 *치우라도 당해내지 못할 것 같구나. 아무리 신기한 재주를 가진 놈이라도 어찌 팔도에서 한날한시에 도적질을 하겠는가. 이는 보통 도적이 아니라 잡기 어려울 것이니, 좌우 포도대장들이 군사를 출동시켜 잡도록 하라."

時　間
때시　사이간
7급 10획　7급 12획

• 장계(狀啓) : 감사 또는 왕명으로 지방에 파견된 벼슬아치가 글로 써서 올리던 보고.

• 치우(蚩尤) : 중국에 전하는 전설상의 인물. 힘이 강하고 재주가 많아 이웃 나라와 싸우기를 좋아했다고 한다. 후세에는 제(齊)나라의 군신(軍神)으로서 숭배되었다.

이때 우포도대장 이흡이 아뢰었다.

"신이 비록 재주는 없으나 그 도적을 잡아올 것이니 전하께서는 근심하지 마옵소서. 지금 어떻게 좌우 포도대장이 한꺼번에 나아가겠습니까?"

"옳도다. 그대는 즉시 그놈을 잡아 더 이상 나라에 근심 걱정이 없게 하라."

임금이 급히 출발하라고 재촉하니, 이흡이 하직하고 군사들을 소집했다.

"지금 홍길동이 경상도 문경 새재 쪽에 있다고 하니, 너희는 농부로 변장하고 각자 내려가도록 하라."

각각 흩어져서 가다가 아무날 문경에 모일 것을 약속하고, 이흡은 군복 대신 평상복으로 갈아입고 길을 떠났다.

하루는 날이 저물어 주막을 찾아들었다. 이흡은 그날 묵을 방을 정한 다음, 마당가에 있는 툇마루에 걸터앉아 길동을 잡을 궁리를 했다. 그때 한 소년이 나귀를 타고 주막 안으로 들어왔다. 소년이 인사를 하므로 이흡이 답례했다. 그러자 그 소년은 나귀를 마당가에 묶어 놓고 이흡에게 다가왔다.

"어디로 가시는 길입니까?"

農 夫
농사 농 지아비 부
7급 13획 7급 4획

소년이 물었다.

"나는 문경까지 가는 길일세."

"문경이라면 산 좋고 물 좋은 곳이지요. 하지만 그런 게 아무리 좋으면 뭘 합니까? 나라가 어수선하고 민심이 어지러운데……."

소년이 혼잣말처럼 중얼거리면서 이흡의 눈치를 살폈다. 그러더니 문득 한숨을 쉬며 말을 이었다.

"온 천지가 임금의 땅 아닌 곳이 없고 온 백성이 신하가 아닌 자가 없다 하니, 소생이 비록 시골구석에 묻혀 있으나 나라를 위하여 근심하고 있습니다."

그 말에 이흡이 짐짓 놀라는 체했다.

"그게 무슨 말인가?"

소년이 말했다.

"지금 홍길동이라는 도적이 팔도를 돌아다니며 장난을 하는 바람에 인심이 흉흉한데, 이놈을 잡아 없애지 못하니 어찌 분하고 한스럽지 않겠습니까?"

이흡이 이 말을 듣고 고개를 끄덕였다.

"사실은 나도 지금 그놈을 잡으러 가는 길일세. 그대는 기골이 장대하고 말하는 것이 충직하니, 나와 함께 그 도

氣　骨
기운 기　뼈 골
7급 10획　4급 10획

적을 잡는 것이 어떻겠나?"

소년이 말했다.

"그거 잘됐군요. 내가 벌써부터 잡으려고 했으나 용맹스럽고 힘있는 사람을 얻지 못해 망설였는데, 이제 당신 같은 분을 만나니 정말 다행한 일입니다. 하지만 당신의 재주를 알지 못하니, 내가 어떻게 믿고 따르겠습니까? 조용한 곳으로 가서 재주를 보여 주십시오. 그러면 나도 재주를 보여 드리겠습니다."

"그거야 어렵지 않지."

"그러면 나를 따라오십시오."

소년이 앞장을 서서 문 밖으로 빠져나갔다. 이흡은 헛기침을 하고 그 뒤를 따라 나섰다.

한 곳에 이르러 소년이 높은 바위 앞에 우뚝 서더니 이흡을 돌아보았다.

"힘을 다하여 두 발로 저를 차십시오."

소년이 벼랑 끝에 앉으며 말했다.

그 모습을 보며 이흡이 생각했다.

'제아무리 용맹스러운 힘이 있다 한들 한 번 차면 제 어찌 떨어지지 않으리요.'

多 幸
많을 다 다행 행
6급 6획 6급 8획

그리고 젖 먹던 힘까지 다하여 두 발로 세게 차니, 그 소년이 문득 돌아앉으며 말했다.

"당신은 정말로 장사시군요. 내가 여러 사람을 시험했지만 나를 움직이게 하는 자가 없었는데, 당신에게 차이니 오장이 울리는 듯합니다. 내가 홍길동이 있는 곳을 알고 있으니, 나를 따라오면 길동을 잡을 수 있을 겁니다."

"이 밤에 말인가?"

"소문에 홍길동은 동에 번쩍 서에 번쩍한다고 들었습니다. 한시라도 빨리 잡아야 하지 않겠습니까? 그리고 낮에는 금방 눈에 띄니까, 그들의 소굴에 접근하려면 밤이 적당합니다."

소년이 우거진 숲을 헤치며 말했다. 나지막하지만 그 목소리에는 거부하지 못할 힘이 있었다.

이흡은 첩첩산중으로 들어가는 소년의 뒷모습을 보며 생각했다.

'나도 힘을 자랑할 만했는데, 오늘 저 소년의 힘을 보니 놀라지 않을 수 없구나. 저 소년 혼자라도 넉넉히 길동을 잡을 수 있겠다.'

그리고 소년의 뒤를 따라갔다.

핵심⁺ 〈홍길동전〉의 모델

〈홍길동전〉은 중국의 〈수호지〉, 〈삼국지연의〉, 〈서유기〉 등의 영향을 받았지만 주인공의 기본 모델은 우리나라에 있다. 즉 연산군 때 가평, 홍천을 중심으로 활약한 실제 인물인 화적 홍길동, 명종 때의 양주 백정 임꺽정 등이 그들이다.

好樂好樂 한자 노트

손수 | 총 4획 | 부수 手 | 7급

다섯 손가락을 펼치고 있는 손의 모양을 본뜬 글자이다.

手記(수기) : 자기가 겪은 일을 자신이 적은 글.

手中(수중) : 손 안. 자신의 힘이 미칠 수 있는 범위 안.

歌手(가수) : 노래를 부르는 일을 직업으로 삼는 사람.

下手人(하수인) : 남의 밑에서 졸개 노릇하는 사람.

내가 찾은 사자성어

묶을속 손수 없을무 꾀책

束手無策
속 수 무 책

내용 ≫ 손을 묶인 듯이 어찌할 도리가 없어 꼼짝 못함.

고대 중국의 전설상의 세 임금인 삼황(三皇), 곧 복희씨, 신농씨, 황제 중 첫머리에 꼽는 제왕 또는 신이다. 백성들에게 물고기 잡는 일을 가르치고, 팔괘(八卦)를 만들었다고 전해진다.

하늘천 | 총 4획 | 부수 **大** | 7급

세상에서 제일(一) 크니(大), 하늘을 뜻한다.

天國(천국) : 하늘나라.

天地(천지) : 하늘과 땅. 세상.

天體(천체) : 우주에 떠 있는 물체. 해, 달, 별 등.

天下(천하) : 온 세상. 하늘 밑.

別天地(별천지) : 인간이 살고 있는 세상과는 다른, 딴 세상. 자기가 있는 곳과는 아주 다른 환경이나 사회.

내가 찾은 속담

하늘이 무너져도 솟아날 구멍이 있다

➤ 아무리 어려운 일을 당하더라도 해결할 방법은 있다는 말.

7 대결

얼마나 갔을까, 소년이 커다란 바위 앞에서 갑자기 돌아섰다.

"이곳이 홍길동의 소굴입니다. 내가 먼저 들어가 정탐할 것이니, 여기서 기다리십시오. 여차하면 그놈을 잡아 가지고 나올 수도 있지만, 당신의 힘이 필요하면 돌아와 구원을 청하겠습니다."

"그럼 빨리 들어갔다 나오게."

이흡은 마음에 의심이 일었지만, 기다리기로 하고 그 앞에 앉아 있었다.

소년은 바위 사이에 나 있는 좁은 길로 들어갔다.

그러나 안으로 들어간 소년은 한참이 지나도 돌아오지 않았다.

'이상하다. 여태 뭘 하고 있기에 안 나오지?'

이흡은 목을 길게 빼고 소년이 들어간 곳을 바라보며 초조하게 기다렸다.

달도 이미 서산으로 넘어가고 밤하늘 가득 별들만 깜빡이고 있었다.

'내가 잘못 따라온 게 아닐까? 어서 그 소년이 홍길동을 잡아 가지고 나왔으면 좋으련만. 어째 꼭 귀신한테 홀린 것 같이 <u>으스스</u>한데.'

그런 생각을 하고 있을 때였다. 홀연 산골짜기를 따라 수십 명이 요란스럽게 소리를 지르며 내려오는 것이었다. 산적들이었다.

"꼼짝 마라!"

"누, 누구냐?"

이흡이 깜짝 놀라 뒤로 몇 걸음 물러섰다.

산적들은 점점 다가와서 이흡을 둘러쌌다.

"무슨 일이냐? 대체 왜들 이러는 거냐?"

이흡이 소리쳤다.

"네가 포도대장 이흡인 줄 다 알고 있다. 우리는 염라대왕의 명을 받아 너를 잡으러 왔다."

산적들은 쇠사슬로 이흡의 목을 옭아매어 비바람같이 어디론가 몰아갔다. 포도대장은 거의 얼이 빠졌다.

이윽고 한 곳에 다다라 산적들이 소리를 질렀다.

"자, 여기가 저승이다. 어서 무릎 꿇고 앉아!"

이흡은 얼떨결에 무릎을 꿇었다.

정신을 가다듬어 둘러보니, 궁궐처럼 넓고 큰 데 누런 머리띠를 두른 장사들이 좌우에 늘어서 있었다. 그리고 전각 위에 군왕 같은 사람 하나가 의자에 앉아서 성난 목소리로 말했다.

"네 간사하고 보잘것없는 재주로 어찌 홍 장군을 잡으려 하느냐?"

"그, 그게 아니라⋯⋯."

이흡은 자기도 모르게 말을 더듬었다.

"거짓말을 하면 당장 *풍도섬에 가둘 것이니라!"

이흡이 겨우 정신을 차려 말했다.

"소인은 인간 세상의 가난하고 변변치 못한 사람인데, 죄없이 잡혀왔으니 살려 보내주시기 바랍니다."

이와 같이 애걸하는데, 전각에서 웃음소리가 나며 꾸짖었다.

"이 사람아, 나를 자세히 보라."

이흡은 귀에 익은 그 목소리에 놀라 고개를 들었다.

"나는 바로 활빈당 우두머리인 홍길동이니라. 그대가 나를 잡으려 하므로 그 용맹스러운 힘과 뜻을 시험해 보려고 어제 푸른 옷을 입은 소년으로 변장하여 그대를 이끌고 이

• 풍도(豊都)섬 : 풍도는 중국의 지명으로, 사천성의 아름다운 마을이었는데, 삼라전이란 신전이 세워진 후 염라대왕이 사는 곳이라 여겨지게 되었다. 그후 지옥을 일컬을 때 흔히 풍도지옥이라 한다.

곳에 와서 나의 위엄을 보여주는 것이니라."

그리고 길동은 부하들에게 일렀다.

"여봐라, 귀한 손님이시다. 어서 결박을 풀어 드리고 준비한 상을 올려라."

부하들이 얼른 달려들어 이흡의 결박을 풀었다. 그런 다음, 술과 안주를 차린 상을 들고 들어왔다.

길동은 이흡에게 직접 술을 따라 권했다.

"그대는 부질없이 나를 잡으러 다니지 말고 빨리 돌아가라. 공연히 헛수고만 할 따름이라. 그냥 말로만 해서는 못 믿을 것 같아서 재주를 좀 보여준 것이다."

길동의 말을 들으며 이흡은 고개를 끄덕였다. 그것은 자신도 이미 인정한 사실이었다.

認 定
알인 정할정
4급 14획　6급 8획

"우리는 벼슬아치들을 괴롭히기 위해 일어선 도적들이 아니다. 가난한 백성을 구하기 위해 일어선 것이다. 진정으로 백성들을 위해 일하는 벼슬아치들은 괴롭히지 않는다. 그러니 더 이상 쫓지 말라. 서울에 돌아가서 나를 보았다고 하면 반드시 문책이 있을 것이니, 부디 발설하지 말라."

그리고 다시 술을 부어 권하며 좌우에 명령을 내려 내어보내라 하니, 이흡이 생각했다.

生 時
날생 때시
8급 5획   7급 10획

'이것이 꿈인가 생시인가. 어떻게 해서 이곳에 왔을까?'

길동의 조화를 신기하게 생각하며 일어나 가려고 하는데, 갑자기 사지를 움직일 수 없었다. 괴이하게 여겨 정신을 가다듬어 살펴보니 가죽 자루 속에 들어 있었다.

"이런……."

이흡은 몸을 움직여 가까스로 허리에 찬 칼을 뽑아 가죽 자루를 찢었다. 부욱 소리와 함께 가죽 자루가 찢어지며 땅바닥에 털썩 떨어졌다. 간신히 밖으로 나와 보니 또 다른 가죽 자루 세 개가 나무에 걸려 있었다.

"이건 또 뭐야?"

이흡은 얼른 그 가죽 자루들을 차례로 찢었다.

그 속에서 나오는 것을 보니 처음에 떠날 때 데리고 왔던 부하들이 아닌가.

그들은 서로 얼굴을 마주보며 말했다.

"이게 어떻게 된 일인가? 우리가 떠날 때 문경에서 모이자고 했는데, 어찌 이곳에 와 있을까?"

두루 살펴보니 다른 곳이 아니라 서울의 북쪽 북악산이었다. 네 사람이 어이가 없어 장안을 굽어보다가, 이흡이 부하들에게 물었다.

"나는 어떤 소년에게 속아서 이리 되었지만, 너희는 어쩌다 이곳에 왔느냐?"

세 사람이 말했다.

"소인들은 주막에서 잠을 자고 있었는데, 느닷없이 구름에 싸여서 이곳으로 왔으니 도대체 무슨 까닭인지 알지 못합니다."

"이 일이 매우 허무맹랑하니 남에게 말하지 말라. 길동의 재주가 예측할 수 없으니 어떻게 사람의 힘으로 잡을 수 있겠는가. 우리가 그냥 들어가면 반드시 벌을 면할 수 없을 것이니……"

入
들입
7급 2획

이흡이 산 아래에 펼쳐진 경치를 내려다보며 한숨을 푹 내쉬었다. 생각할수록 분통이 터질 노릇이었지만 어쩔 수가 없었다.

"그럼 어떻게 합니까?"

"몇 달쯤 기다렸다가 들어가자."

이흡은 이렇게 말하고 걸음을 옮기기 시작했다. 부하들은 서로 눈치를 보며 그 뒤를 따랐다.

허난설헌(許蘭雪軒)

　　조선 중기의 여류시인으로 허균의 누이다. 허균과 같이 스승 이달에게 시를 배웠다. 김성립과 결혼했으나 부부 사이가 원만하지 못했다고 한다. 불행한 자신의 처지를 시작(詩作)으로 달래어 섬세한 필치와 여인의 독특한 감상을 노래했다.

好樂好樂 한자 노트

夜

밤야 | 총 8획 | 부수 夕 | 6급
해가 져(夕) 또 (亠) 밤이 온다는 뜻의 글자이다.

夜間(야간) : 밤 사이.
夜景(야경) : 밤의 경치.
夜市場(야시장) : 밤에 벌이는 시장.
夜光明月(야광명월) : 밤의 밝은 달.
晝夜(주야) : 밤낮.

내가 찾은 사자성어

비단금　옷의　밤야　다닐행
錦　衣　夜　行
금　　의　　야　　행

내용 ≫ 비단 옷을 입고 밤길을 걷는다는 뜻으로, 성공하여 고향에 돌아옴을 이르는 말.

포도청(捕盜廳)과 의금부(義禁府)

포도청은 조선시대에 치안 업무를 담당하기 위해 설치되었던 오늘날의 경찰관서이다. 그에 반해 의금부는 오늘날의 재판소와 같은 기관으로, 왕명을 받들어 죄인을 심문하는 일을 맡아보았다. 주로 관리, 양반 등의 범죄를 다루었다.

몸신 | 총 7획 | 부수 **身** | 6급

아이 밴 여자의 불룩한 몸 모양을 본떠 '아이 배다'의 뜻이 된 글자이다.

身分(신분) : 한 사람의 사회적 지위.

身長(신장) : 사람의 키.

身體(신체) : 사람의 몸.

不死身(불사신) : 어떤 병이나 고통 등에도 견디어 내는 일, 또는 그런 몸.

내가 찾은 속담

몸은 개천에 가 있어도 입은 관청에 가 있다

≫ 가난한 주제에 잘 먹고 잘 지내려는 경우를 이르는 말.

여덟 명의 길동

임금이 팔도의 관아에 공문을 보내어 길동을 잡으라고 했다. 그러나 그 변화를 예측하기가 어려웠다. 서울 장안의 대로로 높은 벼슬아치가 타는 초헌을 타고 다니기도 하고, 혹은 각 읍에 미리 공문을 보내어 놓고 쌍교를 타고 다니기도 하며, 혹은 어사로 가장하여 각 읍 수령 중 탐욕스럽고 행실이 바르지 못한 탐관오리들을 별안간에 먼저 베고 나중에 장계를 올리기를 '가짜 어사 홍길동의 *계문'이라 하니, 임금이 더욱 노했다.

"임금의 명도 없이 제 마음대로 벼슬아치들을 벌하다니, 괘씸한지고! 또 귀신이나 도깨비가 아닌 다음에야 어찌 한 날한시에 경상도 · 충청도 · 황해도 · 전라도 등에 동시에 나타난단 말인가? 이놈이 각 도에 다니며 이런 장난을 하는데 아무도 잡지 못하니, 이를 장차 어쩌면 좋단 말인가?"

그리고 *삼공육경을 모아 의논을 하는데, 계속해서 장계가 올라오는 것이 모두 팔도에서 홍길동이 장난하는 내용이었다.

임금이 차례로 보고 크게 근심하여 한숨을 쉬었다.

內 容
안내 얼굴용
7급 4획 4급 10획

• **계문(啓聞)** : 관찰사, 어사 등이 임금에게 글로써 아룀.

• **삼공육경(三公六卿)** : 삼공은 영의정 · 좌의정 · 우의정, 육공은 이조 · 호조 · 예조 · 병조 · 형조 · 공조를 말함.

"포도대장 이흡이 큰소리치고 내려간 지 벌써 한 달이 다 되어 가는데 아직 소식이 없고 그 대신 이런 장계가 올라오다니, 이게 말이나 되는 소린가?"

"황공하옵니다."

신하들은 고개를 숙인 채 쩔쩔맸다.

"이놈이 필시 사람은 아니요 귀신이나 도깨비 같은데, 조신들 중에서 누가 그 근본을 짐작하겠는가?"

한 사람이 앞으로 나아가 아뢰었다.

"홍길동은 전임 이조 판서 홍 아무개의 서자이고 병조 좌랑 홍인형의 배다른 동생이오니, 지금 그 부자를 잡아들여 친히 신문하시면 자연히 알게 되실 것이옵니다."

自 然
스스로자 그럴연
7급 6획 7급 12획

"뭐라고? 홍길동이 홍 판서의 아들이고 병조 좌랑의 동생이라고?"

임금의 수염이 파르르 떨렸다.

"그렇사옵니다."

"그런 말을 어째서 이제야 하는가?"

임금이 노하여 소리를 질렀다.

"황공하옵니다."

신하들이 모두 고개를 숙였다.

"당장 그들 부자를 잡아들여, 홍 판서는 의금부에 가두고 인형은 내 앞에 대령토록 하라."

임금의 명령은 잠시도 지체하지 않고 시행되었다.

임금은 오라에 묶여 들어온 인형을 보며 매우 노여운 얼굴로 물었다.

"지금 각 지방 벼슬아치들을 괴롭히면서 나라를 들쑤시고 있는 홍길동이 경의 배다른 동생이라는 게 사실인가?"

"그렇사옵니다."

인형의 목소리가 가늘게 떨렸다.

"그렇다면 경의 동생이 하고 다닌 짓도 알고 있으렷다! 어찌 엄히 못하게 막지 않고 그냥 두어 나라에 큰 환난이 되게 하는가. 경이 만일 잡아들이지 아니하면 부자의 충효를 돌아보지 않을 것이니, 빨리 잡아들여 큰 변고를 없게 하라."

인형이 몹시 두려워하며 관을 벗고 머리를 조아렸다.

"신에게 천한 아우가 있습니다만, 일찍이 사람을 죽이고 집을 떠난 지 여러 해가 지났사옵니다. 살았는지 죽었는지 알 수 없어 소신의 늙은 아비가 이 일 때문에 몸에 깊은 병이 들어 오늘내일 하고 있는 중에, 길동이 감히 생각지도

患難
근심환 어려울난
5급 11획 4급 19획

못할 도리에 어그러진 일을 하여 전하께 근심을 끼치니, 소신의 죄는 만번 죽어 마땅합니다. 엎드려 바라옵건대 전하께서 자비를 베푸시어 소신의 아비 죄를 사해 주시고 집에 돌아가 몸조리를 하게 하시면, 소신이 죽기를 각오하고 길동을 잡아 소신의 부자가 지은 죄를 씻을까 합니다."

인형이 또박또박 아뢰었다.

"그 말이 진정이렷다?"

"어느 앞이라고 감히 허튼소리를 아뢰겠습니까?"

"알겠도다. 우선 경이 틀림없이 홍길동을 잡아 올 수 있다고 하고, 또 경황중에도 아비에 대한 효성이 지극하니 내 특별히 용서를 하겠노라."

그리고 즉시 홍 판서를 풀어주라 이르고 인형에게 경상 감사를 제수하며 말했다.

特 別
특별할특 다를별
6급 10획 6급 7획

"경이 만일 감사의 지위와 병력이 없으면 길동을 잡지 못할 것이다. 일 년의 기한을 줄 테니 빨리 잡아들이도록 하라."

"성은이 망극하옵니다."

엎드려 절하는 인형의 눈에서는 눈물이 흘렀다.

그리하여 홍 판서는 풀려났고, 인형은 그 길로 임지를 향해 떠났다.

경상 감영에 도착하여 인형이 각 읍에 방을 붙이니, 길동을 달래는 내용이었다.

사람이 세상에 태어나매 오륜이 으뜸이고 오륜이 있으므로 *인의예지가 분명한데, 이를 알지 못하고 임금님과 아버님의 명을 거역하여 불충하고 불효하게 되면 어찌 세상이 용납하겠느냐. 우리 아우 길동은 이런 점을 알 것이니 스스로 형을 찾아와 사로잡히어라.

아버님은 너 때문에 뼛속 깊이 병이 드시고 임금님께서는 크게 근심하시니, 너의 죄악이 가득한지라. 그 때문에 나에게 특별히 도백을 제수하시어 너를 잡아들이라 하셨는데, 만일 잡지 못하면 우리 홍씨 가문이 대대로 쌓아 내려온 맑은 덕행이 하루아침에 사라질 것이니 어찌 슬프지 않겠느냐.

바라건대 아우 길동은 이것을 생각하여 빨리 스스로 나타나면 네 죄도 덜 것이요 가문을 보존할 것이니, 어쩌겠느냐, 너는 만 번 생각하여 스스로 나타나라.

• 인의예지(仁義禮智) : 사람으로서 갖추어야 할 네 가지 마음가짐. 곧 어짊, 의로움, 예의, 지혜.

경상 감사 인형은 이 방을 각 읍에 붙이고 공사를 모두
물리친 채 길동이 스스로 나타나기만을 기다렸다.
　그러던 어느 날, 한 소년이 나귀를 타고 하인 수십 명을
거느린 채 감영 문 밖에 와서 뵙기를 청한다 했다.

公 私
공평할공 사사사
6급 4획　4급 7획

인형은 길동이 틀림없다고 생각했다.

"어서 안으로 들이라."

문 밖에 나가 인형의 말을 전하기도 전에 나귀를 탄 소년이 이미 안으로 들어서고 있었다.

인형이 눈을 들어 자세히 보니, 과연 애타게 기다리던 길동이었다.

인형은 자리에서 벌떡 일어섰다.

길동은 대청으로 올라와 인형에게 공손히 절을 했다.

인형은 크게 놀랍고 크게 기뻐서 좌우에 있는 사람들을 물리치고 그 손을 잡고 목이 메어 울면서 말했다.

"길동아, 어쩌다가 네가 이렇게 되었단 말이냐? 도적의 괴수가 되다니……."

인형은 길동의 어깨를 껴안았다.

길동의 눈에도 눈물이 핑 돌았다.

"죄송합니다, 형님."

"네가 집을 나가고 난 후 죽었는지 살았는지 알지 못하여 아버님께서 불치의 병이 드셨는데, 너는 갈수록 불효를 끼칠 뿐만 아니라 나라에도 큰 근심이 되게 했다. 그 때문에 전하께서 진노하시어 나로 하여금 너를 잡아들이라 하

不 治
아닐 불 다스릴 치
7급 4획   4급 8획

시니 이것은 피치 못할 죄라. 너는 즉시 서울에 가서 천명을 순순히 받아라."

인형이 말을 마치며 눈물이 비오듯 하거늘, 길동이 머리를 숙이고 말했다.

"천한 몸이 이곳에 이른 것은 아버님과 형님의 위태함을 구하고자 하는 것이니 어찌 다른 말을 할 수 있겠습니까? 대저 대감마님께서 처음부터 천한 길동을 위하여 아버님을 아버님이라 하고 형님을 형님이라 하게 하셨던들 어찌 이 지경에 이르렀겠습니까?"

"그게 나라의 법도인데 어찌겠느냐?"

"지난 일을 들먹이는 것은 다 쓸데없으니, 형님께서는 이제 이 동생을 결박하여 서울로 올려보내십시오."

그리고 길동은 다시 말이 없었다.

인형은 눈물 젖은 눈으로 길동을 바라보았다.

"내 어찌 내 손으로 너를 묶어서 보낸단 말이냐?"

"아무 염려 말고 그렇게 하십시오."

"그래, 이게 팔자고 운명이라면 어쩔 수 없지."

인형은 떨리는 손으로 길동의 어깨를 안아 주었다.

인형은 한편으로는 슬퍼하고 한편으로는 장계를 쓴 뒤

護 送
보호할호 보낼송
4급 21획 4급 10획

*항쇄를 목에 씌우고 족쇄를 발에 채우고 길동을 죄인을 호송하는 수레에 실었다. 그리고 건장한 장교 십여 명으로 하여금 호송하게 하여 밤낮을 가리지 않고 걸음을 재촉하여 서울로 올려보냈다.

각 읍의 백성들이 길동의 재주를 들은 바가 있으므로 그를 잡아온다는 말을 듣고 길을 메우고 구경하는 것이었다. 어떤 사람들은 눈물까지 흘렸다.

"저를 어쩌나! 우리에게는 하늘 같은 분이었는데……."

"그러게 말이오. 홍길동 장군님이 있어서 우리는 탐관오리, 벼슬아치들에게 시달림을 덜 당했는데……."

그런 가운데 홍길동을 호송한 책임자가 의기양양하게 보고했다.

"경상 감영에서 홍길동을 잡아올렸사옵니다."

"뭐, 홍길동을 잡았다고?"

임금은 자리에서 벌떡 일어났다.

"어디, 그놈 얼굴이나 한번 보자. 도대체 어떻게 생긴 자이기에 그토록 나라를 어지럽히고 민심을 소란하게 했는지……."

포졸들이 홍길동을 끌고 임금 앞으로 나아갔다.

• 항쇄(項鎖)) : 지난날 죄인의 목에 씌우던 형틀인 칼을 이르는 말.

그때였다. 뒤쪽에서 다른 포졸들이 소리쳤다.

"충청도에서 홍길동을 잡아 왔사옵니다."

"여기 금방 경상 감영에서 홍길동을 잡아왔다고 했는데, 또 무슨 홍길동을 잡았단 말이냐?"

임금이 어리둥절한 표정으로 두 홍길동을 번갈아 바라보았다.

그런 식으로 잇달아 팔도에서 길동을 잡아올렸다.

포졸들이 끌고 온 홍길동은 모두 여덟이었고, 겉모습이 모두 똑같았다.

임금이 여러 대신들이 모인 가운데 직접 국문했다.

"이런 천하에 고약한 놈 같으니라구! 감히 어느 앞이라고 이 따위 장난질을 하고 있단 말이냐? 진짜 홍길동은 당장 앞으로 나와서 무릎을 꿇지 못할까?"

그러자 여덟 명의 길동이 서로 다투었다.

"네가 진짜 길동이지 나는 아니다."

"아니다, 네가 진짜다."

이렇게 되니 누가 진짜 길동인지 더욱 분간하기 힘들었다.

"이런 고약한 일이 있나?"

임금뿐만이 아니었다. 바로 옆에서 서로 자기가 진짜라고 우기는 여덟 명의 홍길동을 지켜보고 있던 신하들도 하나같이 얼떨떨한 얼굴이었다.

잠시 시간이 흘렀으나, 아무도 진짜 홍길동을 가려내지 못했다.

"예부터 자기 자식을 아는 사람은 그 아비나 어미밖에 없는 줄 아옵니다. 홍 판서를 불러 진짜를 구별하게 하는 게 어떠하올지요?"

한 신하가 말했다.

"그럼 어서 가서 홍 판서를 데려오너라."

이윽고 홍 판서가 불려왔다.

"아들을 아는 데는 아비만한 이가 없다고 했으니, 저 여덟 명 중에서 경의 아들을 찾아내라."

임금의 명에 따라 홍 판서가 뜰로 나섰다.

그러나 눈으로 보아서는 도저히 가려낼 수 없을 정도로 여덟 명의 길동은 똑같았다.

홍 판서가 황공하여 머리를 조아리고 죄를 청하며 말했다.

"신의 눈으로는 아무래도 가려낼 수가 없사옵니다. 다만

判 書
판단할판 글서
4급 7획 6급 10획

신의 천한 아들 길동은 왼쪽 다리에 붉은 혈점이 있으니 그것을 찾아보면 알 수 있을 것입니다."

"그렇다면 어서 옷을 벗기고 살펴보라."

임금이 명하자, 포졸들이 여덟 길동에게 달려들었다.

그 모습을 보며 홍 판서가 여덟 길동을 꾸짖었다.

"네 아무리 불충불효한 놈이라도 지척에 전하가 계시고 아래로 네 아비가 있는데, 이렇게 일찍이 유례가 없는 죄를 지었으니 죽기를 아끼지 말라. 만일 그러지 않으면 네 눈앞에서 내가 먼저 죽어 전하의 노하신 마음을 만분의 일이라도 풀어 드리리라."

그리고 끝내 피를 토하고 엎어져 기절했다.

임금이 크게 놀라 궁중 약사를 시켜 목숨을 구하라고 했으나 차도가 없었다.

"아버님……."

여덟 명의 길동이 이 광경을 보고 다 같이 눈물을 흘리며 주머니 속에서 차례로 둥근 알약을 한 개씩 꺼내어 홍 판서의 입에 넣었다.

光 景
빛광 별경
6급 6획 5급 12획

그 덕인지 홍 판서는 반나절 만에 정신을 차렸다.

"길동아, 더 이상 상감의 심기를 어지럽히지 말고 진짜

네 모습을 드러내어라. 어서……."

홍 판서가 애원하듯이 말했다. 그의 두 눈에는 눈물이 어렸다.

길동이 임금에게 아뢰었다.

"신의 아비가 나라의 은혜를 많이 입었는데 신이 어찌 감히 불측한 짓을 하겠사옵니까. 신은 본래 천한 종의 몸에서 났으므로, 그 아비를 아비라 부르지 못하고 형을 형이라 부르지 못하여 평생 한이 되었사옵니다. 그래서 집을 버리고 도적의 무리에 들어갔지만, 백성의 재물은 털끝만큼도 건드리지 않고 각 읍의 수령이 백성들의 기름을 짜내어 빼돌린 재물만 빼앗았사옵니다. 하오나 이제 십 년이 지나면 조선 땅을 떠나 갈 곳이 있사옵니다. 엎드려 빌건대, 전하께서는 근심하지 마시고 신을 잡으라는 명을 거두어 주시옵소서."

말을 마치며 여덟 길동이 동시에 넘어졌다.

"아니, 저, 저런……."

옆에서 지켜보는 사람들은 눈을 휘둥그렇게 떴다.

쓰러진 여덟 길동을 자세히 보니 모두 짚으로 만든 인형이었다.

"그럼 내가 지금까지 허수아비를 앞에 놓고 이 난리를 떨었단 말이냐? 이런 천하에 괘씸한 것 같으니라고!"

임금은 더욱 화가 나서 길동을 잡으라고 다시 팔도에 명을 내렸다.

更
다시 갱
7급 7획

율도국의 의미

허균이 설정한 이상적인 사회이다. 조선에서 갈등 요소가 하나하나 해결되자 길동은 어디론가 떠나야 했다. 그래서 그는 조선도 중국도 아닌 새로운 공간인 율도국을 무력으로 점령하여 차지한다. 율도국은 〈허생전〉에 앞서 고전소설에서는 처음으로 등장하는 이상향이라는 점에서 의의가 있다.

好樂好樂 한자 노트

다닐행 | 총 6획 | 부수 行 | 6급

사방으로 갈라진 네거리 길의 모양을 본뜬 글자이다.

行事(행사) : 일을 거행함. 또는 그 일.
行商(행상) : 돌아다니며 물건을 파는 일.
行人(행인) : 길을 가는 사람.
强行軍(강행군) : 어떤 일을 기일 안에 기어이 끝내려고 무리하게 함을 비유하여 하는 말.

내가 찾은 사자성어

임금군 아들자 큰대 길로 다닐행

君子大路行
군 자 대 로 행

내용 》 군자는 큰길을 택해 간다는 뜻으로, 남의 모범이 되려면 부끄러운 일을 하지 않고 옳고 바르게 행동하라는 말.

사람이 지켜야 할 다섯 가지 도리를 말한다. 즉 임금과 신하 사이에는 의리가 있어야 하고, 부모와 자식 사이에는 친함이 있어야 하고, 부부 사이에는 분별이 있어야 하고, 나이 든 이와 젊은이 사이에는 차례가 있어야 하고, 친구 사이에는 믿음이 있어야 한다.

죽을사 | 총 6획 | 부수 歹 | 6급

사람이 죽어(匕) 뼈(歹)만 남았다 하여, 죽음의 뜻이다.

死力(사력) : 죽을 힘.

死色(사색) : 죽을상이 된 얼굴빛.

死地(사지) : 살아날 길이 없는 매우 위험한 곳.

九死一生(구사일생) : 여러 차례 죽을 고비를 겪고 겨우 살아남.

내가 찾은 속담

죽은 나무에 꽃이 핀다

≫ 보잘것없던 집안이 영화로운 일을 당하게 됨을 이르는 말.

병조 판서가 되다

東 西
동녘 동 서녘 서
8급 8획 · 8급 6획

길동이 짚인형들을 없앤 후로 두루 다니면서 서울의 동서남북 사대문에 방을 붙였다.

요사스러운 신하 홍길동은 아무리 하여도 잡지 못할 것이니 병조 판서 교지를 내리시면 잡힐 것이옵니다.

"이런 간 큰 놈을 봤나? 포도청에서는 뭘 하고 있기에 이런 놈 하나 못 잡고 온 나라가 시끄럽게 만든단 말인가? 당장 잡아들이도록 하라."

임금이 그 방문을 보고 노해서 소리쳤다.

그러나 길동은 잡히지 않았다. 포도청에서는 포졸들을 더 많이 풀어 길동을 잡으려고 애썼지만 역시 마찬가지였다. 오히려 여러 곳에서 더 많은 벼슬아치들이 길동에게 당했다는 보고만 올라왔다.

임금은 신하들을 모아놓고 의논했다.

"홍길동이 병조 판서 벼슬을 내리면 스스로 찾아와 잡히겠다고 했는데, 이 일을 어쩌면 좋겠는가?"

여러 신하들이 말했다.

"도적을 잡으려 하다가 잡지 못하고 오히려 병조 판서 교지를 내리신다면, 너무 수치스러워 이웃 나라에 얼굴을 들지 못할 일이옵니다."

"경들의 의견이 그렇다면 하는 수 없지. 경상 감사 홍인형에게 홍길동을 다시 잡아들이라고 하라. 한 달 내로 잡아들이지 못하면 홍 판서를 비롯해서 모두 큰 벌을 받게 될 것이라고……."

경상 감사는 엄중한 교지를 보고 몹시 두렵고 떨려서 어쩔 줄 몰라했다.

동에 번쩍 서에 번쩍하는 길동을 어디에서 어떻게 잡는단 말인가. 더군다나 전에 한번 잡아들인 길동이 짚단으로 만든 가짜 허수아비에 불과했다는 사실에 인형은 하늘이 무너지는 듯한 충격을 받았다.

'괘씸한 놈, 임금님과 아버님, 그리고 나를 어쩌면 그렇게 감쪽같이 속일 수 있단 말인가.'

자나깨나 길동을 잡으려는 생각뿐이었으나 별 뾰족한 방법이 없었다.

그러던 어느 날이었다.

길동이 공중으로 날아와 인형에게 절을 하고 말했다.

"형님, 정말 죄송하게 되었습니다. 저 때문에 형님과 아버님의 고생이 이만저만이 아니라는 것을 알면서도……."

"네가 정말 길동이냐?"

인형이 못 믿겠다는 듯 물었다.

"그렇습니다. 지난번에는 죄송하게 되었습니다. 그때도 형님과 아버님이 저 때문에 고생하신다는 소식을 듣고 그런 일을 벌였습니다. 그만하면 전하께서 제 이야기를 들어 주실 줄 알았습니다. 이 동생이 지금은 진짜 길동이오니, 형님은 아무 염려 마시고 저를 묶어서 서울로 보내십시오."

인형이 그 말을 듣고 길동의 손을 부여잡고 눈물을 흘렸다.

"너와 나는 형제지간이다. 그런데 아버님과 이 형의 가르침을 듣지 아니하고 한 나라를 소란스럽게 하니 어찌 애닳지 않겠느냐. 네가 이제 내게 와서 스스로 잡히기를 원하니 갸륵하구나."

그리고 급히 길동의 왼쪽 다리를 보니 과연 붉은 점이 있었다.

"형님, 제 걱정은 조금도 하지 마시고 어서 묶어서 보내시라니까요."

苦 生
괴로울고 날 생
6급 9획 8급 5획

길동이 말했다.

"미안하다, 길동아. 그럼⋯⋯."

인형은 포졸을 불러 길동의 사지를 각별히 묶고 죄인을
호송하는 수레에 싣게 했다.

"고생이 되더라도 참고 죄값을 치른 다음 새사람이 되어
나오너라."

건장한 장수 수십 명이 수레를 철통같이 에워싸고 비
바람같이 올라가는데, 길동의 얼굴색이 조금도 변하지
않았다.

길동을 태운 수레가 여러 날 만에 서울에 도착했다.

"이번에야말로 진짜 홍길동이 틀림없으렷다?"

대궐에서는 임금을 비롯하여 많은 신하들이 나와서 길동
이 들어오기만을 기다리고 있었다.

그런데 대궐문에 이르러 길동이 한 번 몸을 흔드니, 쇠
사슬이 끊어지고 수레가 깨졌다. 그리고 길동은 마치 뱀이
허물을 벗듯 공중으로 오르며 바람처럼 훌쩍 구름에 묻혀
갔다.

그 광경에 장수들과 여러 군사들이 어이가 없어서 넋을
잃은 채 공중만 바라보고 있었다.

到着
이를도 붙을착
5급 8획 5급 12획

그러다가 할 수 없어 임금에게 사실대로 아뢰었다.

"홍길동을 놓쳤사옵니다. 죽여 주시옵소서."

임금이 사정 이야기를 듣고 탄식했다.

"일찍이 이런 일이 어디에 있었겠는가?"

그리고 크게 근심하니, 여러 신하 가운데 하나가 나아가 아뢰었다.

"홍길동의 원이 병조 판서를 한 번 지내는 것으로, 그 다음에는 조선을 떠난다 했사옵니다. 제 소원을 풀면 스스로 사은하러 올 것이니, 그때를 기다렸다가 잡는 것이 좋을 듯싶사옵니다."

임금이 옳다고 여겨 즉시 홍길동에게 병조 판서를 제수한다는 방을 사대문에 붙이게 했다.

'그럼 그렇지.'

방을 본 길동은 즉시 사모관대에 *서대를 둘렀다. 그리고 벼슬아치들이 타는 높은 초헌을 의젓하게 타고 당당하게 대궐로 들어갔다.

"홍 판서가 사은하러 왔도다."

길동이 말하니, 병조의 하급 벼슬아치들이 맞아 호위하여 들어갔다. 그 모습을 보고 여러 대신들이 의논했다.

謝　恩
사례할 사 은혜 은
4급 17획　4급 10획

• 서대(犀帶) : 조선시대 일품의 벼슬아치가 두르던, 무소의 뿔로 꾸민 띠.

"길동이 사은하고 나올 것이니, 도끼를 쓰는 군사를 매복하여 두었다가 나오거든 한번에 쳐서 죽이라."

이렇게 약속을 정하고 길동이 나오기를 기다렸다.

길동이 임금 앞에 나아가 공손히 절을 하고 아뢰었다.

"신 홍길동, 전하의 부름을 받고 이렇게 왔사옵니다."

"내 경의 재주를 가상히 여겨 새로 병조 판서를 제수하노라. 부디 맡은 바 직분에 있는 힘을 다해 주기 바란다."

除 授
덜제 줄수
4급 10획 4급 11획

"신의 죄악이 매우 무거운데도 이렇게 용서를 하시고 높은 벼슬까지 내려주시니 그 은혜 하해와 같사옵니다. 평생의 한과 소원을 풀었사오니, 신은 더 이상 바랄 것이 없사옵니다. 따라서 이 땅을 영원히 떠나겠사오니, 전하께서는 부디 만수무강하시옵소서."

길동의 말에 임금은 짐짓 놀란 체했다.

"떠나다니, 어디로 간단 말인가?"

"이미 생각한 바가 있사옵니다. 앞으로는 절대로 전하의 심기를 어지럽히는 일이 없을 것이오니 안심하시옵소서."

말을 마치며 길동이 몸을 공중으로 솟구쳐 구름에 싸여 가니 그가 가는 곳을 알 수 없었다.

임금이 보고 오히려 탄식하며 말했다.

"길동의 신기한 재주는 고금을 통틀어 본 적이 없구나. 제 입으로 지금 조선을 떠난다 했으니 다시는 폐를 끼칠 일이 없을 것이고, 의심스럽지 않은 바 아니나 장부의 흔쾌한 마음을 믿어 염려하지 않아도 될 것 같도다."

그리고 팔도에 명을 내려 길동 잡는 일을 그만두게 했다.

길동이 제 소굴로 돌아가자, 부하들이 두 손을 높이 들어

반겼다. 길동 역시 손을 들어 그들에게 답하면서 천천히 구름에서 내려섰다.

"내가 이번에 전하의 은혜를 입어 병조 판서가 되었지만, 나는 진정으로 그런 벼슬을 원한 것이 아니다. 그래서 전하께 몇 가지 간곡한 부탁을 드리고 내려오는 길이다."

길동은 산채 마당에 모인 부하들을 향해 크고 분명한 목소리로 말을 이었다.

"내가 다녀올 곳이 있으니, 너희는 아무데도 가지 말고 내가 돌아오기를 기다려라."

"어디로 가시는 겁니까?"

부하들이 놀라서 눈이 휘둥그레졌다.

"어디로 갈지는 아직 정하지 않았다. 지금부터 그곳을 찾아보고 다시 올 것이다."

그리고 길동은 즉각 몸을 솟구쳐 공중으로 날아올라 구름을 탔다. 길동이 탄 구름은 서서히 서쪽을 향해 날기 시작했다.

길동은 이전부터 마음속으로 그리던 그런 곳이 나타나기를 기다리며 계속 날았다.

以 前
써 이   앞 전
5급 5획   7급 9획

중국 남경으로 향해 가다가 한 곳에 다다르니, 공중에서 내려다보기에도 그럴 듯한 마을이 보였다. 비단을 두른 듯한 강물이 굽이굽이 넓은 땅을 적시며 흐르고, 수를 놓은 듯한 아름다운 산자락에는 둥지처럼 포근한 집들이 이마를 맞대고 있었다.

'저만하면 괜찮겠다. 한번 내려가 보자.'

생각을 정한 길동은 밑으로 내려갔다.

그곳은 이른바 율도국이었다. 사방을 살펴보니 산천이 맑고 빼어나 가히 몸을 편안히 쉴 곳이라는 생각이 들었다.

남경에 들어가 구경하고 또한 제도라는 섬 안에 들어가 두루 다니며 산천도 구경하고 인심도 살피며 다니다가 오봉산에 이르러서 보니 뛰어난 정말로 뛰어난 강산이었다. 둘레가 칠백 리이고 들판에 기름진 논밭이 가득하여 살기에 알맞으니 마음속으로 생각했다.

'내 이미 조선 땅을 떠나겠다 했으니 이곳에 와 당분간 살다가 큰일을 꾀하리라. 당장 가서 부하들을 데리고 오자.'

그리고 길동은 구름을 불러 타고 바람같이 원래의 거처로 돌아갔다.

"중국 땅 남쪽에 우리가 살아가기에 아주 좋은 섬이 있

山 川
메산 내천
8급 3획   7급 3획

다. 우리는 이제 그리로 떠난다. 그러기 위해서 약간의 준비가 필요하다. 그곳은 섬나라이기 때문에 배를 타지 않으면 갈 수가 없다. 따라서 지금부터 우리 모두가 타고 갈 수 있는 크고 튼튼한 배를 다섯 척만 만들어라."

그후 몇 달 동안 산채와 산채에서 가까운 강언덕은 배 만드는 일로 떠들썩했다. 다들 열심히 한 덕분에 대여섯 달 정도 걸려서 드디어 그들이 타고 갈 배 다섯 척이 만들어졌다.

길동이 부하들에게 일렀다.

"그대들은 이 배들을 아무날 서울의 한강에 대령하라. 나는 전하께 청하여 상등미 일천 석을 얻어 가지고 올 것이니 기약을 어기지 말라."

그리고 길동은 다시 구름을 타고 서울로 올라갔다.

홍 판서는 길동의 장난이 없으므로 병이 쾌차했다. 홍 판서와 마찬가지로 임금 또한 근심 없이 지냈다.

구월 보름 임금이 달빛을 받으며 후원을 거니는데, 갑자기 한 가닥 맑은 바람이 일어나며 공중에서 맑고 은은한 옥피리 소리가 들렸다.

'누가 부는 피리 소리이기에 이렇게 애절하게 들릴까?'

임금은 소리가 나는 쪽을 향해 고개를 돌렸다.

그 순간, 하늘에서 한 소년이 내려와서 임금 앞에 엎드렸다.

임금이 놀라 물었다.

"신선의 동자가 인간 세상에 내려와서 무슨 일을 말하려 하는고?"

소년이 임금 앞에 무릎을 꿇고 머리를 숙여 큰절을 하며 아뢰었다.

"신은 전임 병조 판서 홍길동이옵니다."

임금이 흠칫 놀라 뒷걸음질을 쳤다.

"네 어찌 깊은 밤에 왔느냐? 아직도 이 땅에 있었느냐?"

길동이 대답했다.

"황송하옵니다. 신 이제 정말로 이 땅을 떠나기에 앞서 하직 인사를 올리려고 왔사옵니다. 신 일찍이 전하를 받들어 영원히 모시는 것이 소원이었으나, 천한 종의 몸에서 난 처지라 문과에 급제해도 홍문관에 나아가는 길이 막히고 무과에 급제해도 승진하는 길이 막혀 있었사옵니다. 사방으로 떠돌아다니며 관에 폐해를 끼치고 조정에 죄를 얻은 것은 전하께 이런 사실을 알려 드리려 한 것이옵니다. 그런

文 科
글월문 과목과
7급 4획 6급 9획

데 전하께서 신의 소원을 풀어 주시니, 이제 전하를 하직하고 조선을 떠나가옵니다. 엎드려 바라옵건대 부디 만수무강하옵소서."

"갈 곳은 보아 두었느냐?"

임금이 물었다.

"중국 남쪽에 있는 제도라는 섬으로 떠나고자 하옵니다. 아뢰옵기 황송하오나 저희가 그곳에 가서 우선 자리를 잡기까지 먹을 쌀 천 석만 주시옵소서."

"필요하다면 주지."

임금은 선선히 승낙했다.

"감사하옵니다. 다음 달 보름날 저희 배가 한강가로 들어오게 되어 있사옵니다. 그날까지 내다 주시면 싣고 가겠습니다."

그리고 길동은 공중에 올라 바람처럼 나아가는데, 임금이 그 재주를 못내 칭찬했다.

그 이후로는 길동이 폐해를 끼치지 않으니 온 나라가 태평했다.

朝　鮮
아침조　고울선
6급 12획　5급 17획

핵심⁺ 영웅소설의 조건

〈홍길동전〉은 '영웅의 일생'을 처음으로 소설화한 작품이다. 고귀한 혈통(판서의 아들), 비정상적인 태생(몸종에게서 태어난 서자), 비범한 지혜와 능력(특별히 총명하고 도술에 능함), 그리고 위기를 맞아 죽을 고비에 이르기도 하지만 결국 그것을 극복하고 승리자가 되는 등, 영웅소설에 필요한 조건을 두루 갖추었다.

好樂好樂 한자 노트

볼견 | 총 7획 | 부수 見 | 5급

사람(人)이 눈(目)으로 본다는 뜻이다.

見聞(견문) : 보고 들음. 보고 들어서 얻은 지식.

見本(견본) : 무엇을 만들 때 본보기가 되는 물건.

發見(발견) : 남이 미처 찾아내지 못하였거나 세상에 널리 알려지지 않은 것을 먼저 찾아냄.

先入見(선입견) : 어떤 일에 대하여 이전부터 머릿속에 들어 있는 고정적인 생각.

내가 찾은 사자성어

볼견 물건물 날생 마음심

見 物 生 心
견　물　생　심

내용 ≫ 어떤 물건을 보면 그것을 가지고 싶은 욕심이 생김.

초헌(軺軒)과 쌍교(雙轎)

초헌은 종2품 이상의 벼슬아치가 타는 수레이다. 긴 줏대에 한 개의 바퀴가 달렸고 앉는 자리는 의자같이 생겼으며, 위는 꾸미지 않았다. 쌍교는 말 두 필이 각각 앞뒤 채를 메고 가는 가마로, 높은 벼슬아치가 도성 밖에서 주로 탔다.

붉을적 | 총 7획 | 부수 **赤** | 5급

큰 대(大)와 불 화(火)가 합쳐진 글자로, 붉은 빛을 의미하는 글자이다.

赤旗(적기) : 붉은 빛깔의 기. 흔히 공산당 을 상징하는 기.

赤色(적색) : 붉은 빛. 빨강.

赤字(적자) : 수지 결산 등에서 지출이 수입 보다 많은 일.

赤信號(적신호) : 교통 신호에서 붉은 등이 나 기로 멈춤을 나타내는 것. 위험 신호.

赤十字(적십자) : 흰 바탕에 붉은색의 십자 를 그린 휘장. 적십자사를 나타냄.

내가 찾은 속담

열흘 붉은 꽃이 없다

≫ 사람의 권세나 영화는 모두 일시적인 것이어서 오래가지 못한다는 뜻.

10

망탕산의 요괴들

길동은 부하들을 이끌고 조선 땅을 떠나서 남경 땅 제도 섬으로 들어갔다. 그들은 해변에서 그리 멀지 않은 곳에 자리를 잡았다.

"지금부터 우리가 살 집을 지어라."

길동의 명령에 따라 부하들은 곧 집을 짓기 시작했다. 그리하여 두어 달이 지나자 마을이 하나 생겼다.

"살 집을 지었으니 이제부터는 농사지을 땅을 고르도록 하라. 이 땅은 일구는 사람이 바로 주인이 된다."

모두들 열심히 땅을 고르고 농사를 지었다. 땅이 기름진 데다가 모두들 구슬땀을 흘린 덕분에 풍년이 들어 창고마다 곡식들이 가득 찼다.

穀　食
곡식곡　밥식
4급 15획 | 7급 9획

"먹고 살 걱정이 없어졌다고 게으름을 피울 수는 없다. 만약의 사태에 대비해서 무예를 익히고 창고를 지어 무기를 쌓아두어라."

길동의 명령은 빈틈없이 실행에 옮겨졌다.

부하들은 조별로 나뉘어 무예를 익히고 무기를 만들어 저장했다.

이렇게 삼 년쯤 지나니 무기며 식량은 충분하고 군사는 강하여 대적할 이가 없게 되었다.

하루는 길동이 화살촉에 바를 약을 얻으러 망탕산으로 향했다.

길동은 힘을 적게 들이고도 적을 물리칠 수 있는 방법은 독화살을 만드는 것이라고 생각했다. 독화살은 독성이 강한 풀뿌리를 이용하여 만드는데, 독이 있는 풀뿌리는 망탕산에 많이 있었던 것이다.

"저희들도 가겠습니다."

길동의 계획을 안 부장들이 따라나섰다.

"나 혼자 금방 다녀올 테니 걱정 말고 기다려라."

길동은 이렇게 말하고는 구름을 불러 탔다.

망탕산 근처의 낙천 땅에 백룡이란 부자가 있었다.

백룡은 일찍이 아들 없이 딸 하나를 두었다. 그 딸은 용모가 비할 데 없이 아름답고 맵시는 날렵했다. 그 아름다운 모습에는 달도 얼굴을 붉히고 꽃도 부끄러워 고개를 숙이는 듯했다. 그런데다가 여자로서 갖추어야 할 덕행을 골고루 익혀 말 한 마디 행동 하나하나 예절에 맞지 않는 것이 없었다.

그 부모가 사랑하고 귀하게 여겨 널리 훌륭한 사윗감을 찾았는데, 그러던 중 열여덟 살 되던 해에 거센 바람이 크게 일어나며 딸이 사라져 버렸다.

백룡 부부가 슬퍼하며 많은 돈을 써서 사방으로 찾았지만 종적이 없었다.

부부는 슬퍼하며 말을 퍼뜨렸다.

"어느 누구든지 내 딸을 찾아 주면 가산의 반을 나누어 주고 사위를 삼을 것이다."

藥 草
약약 풀초
6급 19획 7급 10획

길동이 이 말을 듣고 마음속으로는 측은하나 약초 캐는 일이 급하니 어쩔 수가 없었다.

약초를 캐며 산속으로 들어가다 보니 어느덧 날이 저물었다. 길동은 어떻게 할까 망설였다.

'어디 자고 갈 만한 곳이 없을까? 이 깊은 산중에 사람 사는 집이야 기대하기 어려울 것이고, 혹시 어디 동굴 같은 곳은 없나?'

어둠 속에서 부지런히 발길을 옮기고 있는데, 문득 사람의 소리가 나며 등불이 밝게 비쳤다.

'역시 죽으라는 법은 없구나.'

길동은 인가가 있는 줄 알고 서둘러 그곳을 찾아가니 수백의 무리가 모여 뛰놀며 즐기고 있었다. 자세히 보니 사람 모양을 하였으나 사람은 아니고 작은 짐승들이었다.

'앗, 저건⋯⋯.'

원래 이 짐승은 울동이라는 것인데, 여러 해를 묵어 변화가 끝이 없었다.

變 化
변할변 될화
5급 23획 5급 4획

길동이 몸을 감추고 활로 쏘니 그중 괴수가 맞았다.

"억!"

괴수가 두 손으로 가슴을 안고 쓰러졌다. 그러자 모두 소리를 지르며 괴수를 부축하여 달아났다. 길동이 쫓아가 잡으려 하다가 이미 밤이 깊었으므로 옆에 있는 나무에 의지하여 밤을 지내었다.

다음날, 길동은 다시 약초를 캐기 위해 산속을 두루 돌아다녔다. 한참 동안 정신없이 약초를 캐고 있는데, 문득 등 뒤에서 기척이 들렸다.

길동이 얼른 고개를 돌리니, 괴물 여러 놈이 그에게 물었다.

"그대는 무슨 일로 이 깊은 곳에 왔는가?"

길동은 슬쩍 둘러댔다.

"나는 저 아랫마을에 사는 의원인데, 이 산에 좋은 약초가 많다고 해서 캐러 왔소."

괴물들이 크게 기뻐하며 말했다.

"우리는 이곳에 산 지 오래되었는데, 우리 왕이 부인을 새로 정하고 어젯밤에 잔치를 하다가 하늘에서 떨어진 살을 맞아 위중하오. 그대가 명의라 하니 신선의 약으로 왕의 병을 고치면 많은 상금을 얻을 수 있을 것이오."

길동이 생각했다.

'그 왕이란 어젯밤에 다친 놈이 분명하다.'

그래서 길동은 말했다.

"한번 봅시다. 내가 원래 화살이나 창칼에 맞은 상처를 치료하는 데는 전문이라오."

"그렇다면 정말 다행이오. 자, 어서 갑시다. 살려만 주신다면 우리 왕께서 듬뿍 사례를 하실 거요."

괴물들은 앞장서서 길동을 인도했다.

이윽고 널따란 터에 자리잡은 큰 기와집이 나타났다.

"잠깐 여기서 기다리시오."

괴물들은 길동을 문 앞에 세워놓고 안으로 들어갔다.

이윽고 부르므로 길동이 들어가 보니, 단청을 칠한 집이 넓고 큰데 그 가운데 흉악한 것이 누워 신음하고 있었다.

길동을 보고 그것이 몸을 움직이며 말했다.

"내가 우연히 하늘에서 내린 재앙을 맞아 목숨이 위태로운데, 시중드는 자의 말을 듣고 그대를 청했으니 이는 하늘이 살리려는 것이다. 그대는 재주를 아끼지 말라."

길동이 감사의 인사를 하고 말했다.

"먼저 속을 다스릴 약을 쓰고 다음으로 겉을 다스릴 약을 쓰는 게 좋을 것 같소."

괴수가 응낙하므로 길동이 약주머니에서 독약을 내어서 급히 뜨거운 물에 섞어서 내밀었다.

"약이 좀 쓸지 모르는데, 그래도 참고 쭉 들이켜시오. 곧 나을 거요."

"고맙도다."

괴수는 길동이 내미는 약사발을 받아들더니 단숨에 쭉 들이켰다.

"으, 으윽……."

약을 먹은 괴수는 그 자리에서 피를 토하면서 숨을 거두었다.

"이놈이 우리 왕을 죽였다!"

모든 요괴가 한꺼번에 길동에게 달려들었다. 길동은 신통력을 써서 모든 요괴를 상대했다. 요괴들은 온갖 짐승이나 사람, 괴물의 모습으로 둔갑을 하며 달려들었지만 길동의 재주에는 당해 내지 못했다.

마침내 요괴들을 다 물리치고 나니, 문득 두 어린 여자가 울며 빌었다.

"저희는 요괴가 아니라 인간 세상에서 잡혀 왔으니, 목숨을 구하여 세상으로 나가게 해주세요."

길동이 문득 백룡의 일을 생각하고 물어보았다.

"언제, 어디서 잡혀 왔소?"

"저는 낙천 고을에 살다가 어느 날 밤 갑자기 어떤 강한 힘에 휩싸여 공중으로 날아올랐지요. 잠시 정신을 잃었다가 눈을 떠 보니 여기였습니다."

한 여자가 말했다.

그녀는 바로 백룡의 딸이었다.

"저는 낙천 고을에 사는 조철이라는 사람의 딸인데, 아침에 물 길러 갔다가 물동이를 인 채 바람에 휩싸여 여기까지 오게 되었습니다."

다른 한 여자가 말했다.

空 中
빌공 가운데중
7급 8획 8급 4획

"자, 여기서 이러고 있을 때가 아니오. 부모님께서 걱정하고 계실 테니 어서 갑시다."

길동은 두 여자를 데리고 산에서 내려왔다.

두 집에서는 죽은 줄만 알았던 사랑하는 딸을 찾으니 기쁨의 눈물을 흘리며 길동에게 감사했다.

"이 은혜를 어찌 다 갚을까. 이제 죽어도 여한이 없습니다."

그 부모들은 많은 돈을 들여 크게 잔치를 베풀고 마을 사람들이 모인 가운데 길동을 사위로 삼았다. 첫째 부인이 백소저이고 둘째 부인이 조 소저였다.

길동이 하루아침에 두 아내를 얻어 두 집의 가족들과 노비들을 거느리고 제도섬으로 가니, 모두들 반기며 칭찬하고 축하했다.

祝 賀
빌축 하례할하
5급 10획 3급 12획

전우치전(田禹治傳)

지은이와 연대가 알려지지 않은 고전소설로, 〈홍길동전〉의 영향을 받은 도술소설이다. 전우치는 조선 중종 때 살았던 실제 인물로, 도술이 뛰어나고 시를 잘 지었으나 나라에 반역을 꾀하다 수명을 다 누리지 못하고 죽었다. 전우치가 도술을 부렸다는 것과, 죽은 뒤에 다시 나타났다는 전설을 토대로 이루어진 〈전우치전〉은 전우치가 나라에 반역죄를 짓자 죽이려고 했으나 도술로 탈출했다는 점에서 전설과 차이가 있다.

好樂好樂 한자 노트

없을무 | 총 12획 | 부수 火 | 5급

큰(大) 숲에 불(火)이 나면 아무것도 남지 않는다는 뜻이다.

無能(무능) : 능력이 없음.
無禮(무례) : 예의가 없거나 예의에 맞지
　　　　　 않음.
無心(무심) : 아무런 생각이나 감정이 없음.
無限(무한) : 한이 없음.

내가 찾은 사자성어

없을무　뼈골　좋을호　사람인

無骨好人
무　　골　　호　　인

내용 》 뼈 없는 좋은 사람이란 뜻으로, 아주 순하여 남의 비위에 두루 맞는 사람.

중국 전한(前漢) 말에 왕망이 신(新)나라를 세우자 이에 반대하는 왕광, 왕봉 등이 호북성에 있는 녹림산을 근거로 도적이 되었던 고사에서, 도적의 소굴을 일컫는 말이 되었다.

귀할귀 | 총 12획 | 부수 貝 | 5급

삼태기 짜듯이 짠 고리짝(虫)에 돈(貝)을 담아 소중히 간직한다는 뜻이다.

貴宅(귀댁) : 상대편을 높이어 그의 집이나 가정을 일컫는 말.

貴中(귀중) : 편지나 물품 등을 보낼 때, 받는 쪽의 기관이나 단체 이름 뒤에 써서 상대편을 높이는 말.

貴公子(귀공자) : 귀한 집안에 태어난 남자. 생김새가 뛰어나고 고상한 남자.

貴重品(귀중품) : 매우 소중한 물품.

내가 찾은 속담

귀한 자식 매 한 대 더 때린다

≫ 자식이 귀할수록 매로 때려서라도 버릇을 잘 가르쳐야 한다는 말.

11

명당

하루는 길동이 천체의 운행을 살펴 앞일을 점치다가 눈물을 흘렸다.

옆에 있던 백씨 부인이 놀라서 물었다.

"무슨 까닭으로 슬퍼하십니까?"

길동이 탄식하며 말했다.

"내가 천체의 움직임으로 부모의 안부를 짐작해 왔는데, 오늘 보니 곧 아버님이 세상을 떠나실 것 같소. 그런데 내 몸이 멀리 있어 미처 그곳까지 갈 수 없으니, 생전에 아버님을 뵙지 못할 것이 서러워서 우는 거요."

백씨 부인이 듣고 함께 슬퍼했다.

이튿날 길동은 월봉산에 들어가 명당을 골라 산소를 만드는 공사를 시작했다. 그리고 산소 앞에 세우는 석물을 임금의 능과 같이 했다.

그런 다음 모든 군사를 불러 일렀다.

"아무날 아무시에 큰 배 한 척을 준비하여 조선국의 서강 강변으로 가서 기다리라."

그리고 길동은 즉시 머리를 깎고 중으로 가장했다.

安 否
편안할 안 아닐 부
7급 6획 4급 7획

"갑자기 머리는 왜 깎으시는지요?"

백씨 부인이 의아해서 물었다.

"다시는 조선 땅에 나타나지 않겠다고 약속을 했는데, 내가 불쑥 가면 모두들 놀라지 않겠소. 사나이가 한 약속인데 어찌 그걸 깰 수 있으리. 아무도 모르게 들어가야지."

준비를 마친 길동은 구름을 타고 조선 땅 서울을 향해 날아갔다.

그 무렵, 홍 판서가 갑자기 병이 들어 위중하므로 유씨 부인과 인형을 불러 말했다.

"내 나이 구십이라 이제 죽어도 여한이 없지만, 길동의 생사를 알지 못하니 그것이 한이구나. 제가 살아 있으면 찾아올 것이니, 적자 서자를 구별하여 박대하지 말고 한 어머니 배에서 난 형제같이 대접하여라."

그리고 명을 다하니, 온 집안이 큰 슬픔에 싸여 초상을 치렀다.

待 接
기다릴대 사귈접
6급 9획 4급 11획

그런데 산소를 쓸 땅을 찾아보았으나 마땅한 곳이 없었다. 걱정스럽고 답답하게 생각하고 있는 차에 문지기가 와서 전했다.

"어떤 중이 와서 빈소에 조문하고자 합니다."

이상하게 여기며 들어오라 하니, 그 중이 들어와 소리를 내어 울었다. 모두가 곡절을 몰라 서로 얼굴만 쳐다보고 말 없이 있었다.

"스님은 우리 아버님과 생전에 어떤 인연이 있었는지요?"

이윽고 울음을 그치기를 기다려 인형이 그 중에게 물었다.

"형님이 어찌 이 동생을 몰라보십니까?"

중이 인형에게 말했다.

同 生
한가지동 날생
7급 6획 8급 5획

그래서 자세히 보니 과연 길동이었다. 인형은 길동을 붙들고 통곡하며 말했다.

"아우야, 그 동안 어디에 있었기에 이제 오느냐? 아버님께서 세상을 떠나며 남기신 말씀이 간절하고 너를 잊지 못하며 돌아가시니 어찌 원통하지 않겠느냐."

그리고 손을 이끌고 내당에 들어가 모부인 유씨에게 인사드리게 하고 생모인 춘섬과 만나게 했다.

"왜 지금에서야 왔느냐? 아버님이 얼마나 기다리셨는데……."

한 바탕 통곡한 뒤 생모 춘섬이 물었다.

"네가 어찌 중이 되어 다니느냐?"

길동이 대답했다.

"소자가 조선을 떠나 머리를 깎고 중이 되어 지맥을 보는 기술을 배웠는데, 그 덕분에 아버님을 위하여 명당을 구해 놓았으니 어머니께서는 염려하지 마십시오."

그 말을 듣고 인형이 크게 기뻐했다.

"너의 재주 기이하니, 좋은 땅을 얻었으면 무슨 염려가 있겠느냐."

그날 밤, 여러 사람이 모여 밤이 다하도록 그 동안 못다

明 堂
밝을명 집당
6급 8획 6급 11획

한 이야기를 나누었다.

다음날 운구하여 갈 때 길동이 유씨 부인에게 말했다.

"소자 돌아와 모자의 정을 다 펴지 못하였으니 이번 길에 어미와 함께 가면 어떨까 하나이다."

유씨 부인이 허락하니, 길동은 그날 즉시 길을 떠났다.

형 인형, 생모 춘섬과 함께 서강 강변에 이르니, 길동이 지시한 대로 배가 기다리고 있었다.

배에 올라 화살같이 빨리 저어 한 곳에 다다르니, 여러 사람이 수십 척의 배를 타고 마중나와 있었다. 서로 반기며 호위하여 가니 그 모습이 거룩하였다.

장례 행렬은 어느덧 산 위에 다다랐다.

"이곳에 아버님을 모시려고 합니다. 어떻습니까, 형님? 마음에 드십니까?"

인형이 자세히 보니 산세가 웅장하므로 길동의 지식에 못내 감탄했다.

"과연 명당이구나. 뒤로 병풍처럼 산자락이 둘려 있고, 앞은 확 트여 있고……. 수고했다."

"자식으로서 마땅히 할 일을 했을 뿐이지요."

산소 쓰는 일을 마치고 나서 길동은 생모 춘섬, 형 인형과 함께 처소로 돌아왔다.

백씨와 조씨가 시어머님과 시아주버님을 맞아 공손히 절
을 했다.

"진작에 찾아뵙지 못해 죄송합니다."

인형과 춘섬은 길동이 결혼을 잘했다며 칭찬했다.

여러 날이 지나서 인형이 고향으로 돌아가고자 했다.
길동이 길 떠날 채비를 차리며 형제간에 이별의 정을 나누
었다.

故 鄕
연고고 시골향
4급 9획 4급 13획

인형은 길동에게 부친의 산소를 극진히 돌볼 것을 당부
한 뒤 하직하고 떠났다.

조선에 이르러 인형이 유씨 부인에게 절하고 전후의 일
을 처음부터 끝까지 아뢰니 부인이 신기하게 여겼다.

핵심⁺ 도참사상(圖讖思想)

점(占)과 마찬가지로 대자연 앞에서 무력한 인간의 미래를 알고 싶어하는 욕망에서 나온 사상으로, 허균도 이를 신봉하였다고 전해진다. 특히 우리나라, 중국 등에서 크게 성행했다. 미래를 암시하는 '도'와 참언(讖言), 즉 예언의 뜻인 '참'을 중심으로 동양에서 일찍부터 발달한 천문·지리·역학은 물론 도교·불교 등과도 관련을 가지면서 발전하였으며, 우리나라에서는 특히 풍수지리(風水地理)에 관한 도참사상이 유행했다.

好樂好樂 한자 노트

슬플비 | 총 12획 | 부수 心 | 4급

마음(心)이 어긋나면(非) 슬프다는 뜻이다.

悲歌(비가) : 슬픔을 나타낸 시가.
悲劇(비극) : 인생의 불행이나 슬픔을 제재로 하여 슬프게 끝맺는 극.
悲戀(비련) : 이루어지지 못하고 비극으로 끝나는 사랑.
無慈悲(무자비) : 자비심이 없다는 뜻으로, 사정없이 냉혹함.

내가 찾은 사자성어

일흥 다할진 슬플비 올래
興盡悲來
흥 진 비 래

내용 》 즐거운 일이 다하면 슬픈 일이 온다는 뜻으로, 세상일이 돌고 돎을 이르는 말.

조서(詔書)와 교지(敎旨)

조서는 임금의 뜻을 백성들에게 널리 알리기 위해 만든 문서로, 본뜻은 '가르쳐 알림' 또는 '고하여 인도하다'이다. 교지는 조선시대 신하에게 관직·관작·시호·토지·노비 등을 내리는 임금의 명을 적은 문서이다. 임금이 내리는 벼슬아치의 임명장도 교지라고 한다.

기쁠희 | 총 12획 | 부수 **口** | 4급

북치고(壴) 노래하니(口) 즐겁고 기쁘다는 뜻이다.

喜劇(희극) : 코미디. 사람을 웃길 만한 사
　　　건이나 일.
喜色(희색) : 기뻐하는 얼굴빛.
喜悅(희열) : 기쁨과 즐거움.
喜消息(희소식) : 기쁜 소식.
喜喜樂樂(희희낙락) : 매우 기뻐하고 즐거
　　　워함.

놀며 배우는 파자놀이

크고 작은 두 개의 입을 가진 것은?

≫ 답은 입 구(口)가 두 개 겹쳐 있으니, 回(돌아올 회)이다.

이상향 율도국

길동은 제전을 극진히 받들어 부친의 삼년상을 마쳤다.

그런 가운데 군사들로 하여금 무예를 익히며 농업에 힘 쓰게 하니, 수만 군졸이 용맹스러워 천하에 당할 자가 없고 양식은 넉넉했다.

남해 가운데 율도국이라는 나라가 있는데, 기름진 들판 이 수천 리에 이르니 나라는 태평하고 물산은 풍부했다.

길동은 제도섬에만 갇혀 세월을 보낼 수는 없다고 생각 하여 항상 뜻을 두고 있었던 바라, 여러 장수들을 불러 물 었다.

"내가 이제 율도국을 쳐서 우리의 본거지로 삼으려 하는 데, 그대들의 생각은 어떠한가?"

여러 장수들은 모두 두 손을 높이 들어 환영했다.

"좋습니다! 당장이라도 쳐들어갑시다!"

곧 군사들로 하여금 언제 어느 때 출동해도 되도록 준비 를 갖추게 했다.

마침내 모든 준비가 끝났다.

"와아!"

출발에 앞서 군사들이 함성을 질렀다. 천지를 뒤흔드는 우렁찬 소리였다.

"저 정도의 사기라면 우리에게 승산이 있다. 자, 나가자!"

길동이 스스로 선봉이 되고 마숙으로 후군장을 삼아 정예 군사 오만 명을 거느리고 출발했다.

軍사들을 태운 백여 척의 배는 바다 한가운데를 향해 천천히 나아가기 시작했다. 배들은 길동이 탄 배에서 울려대는 북소리에 맞추어 질서 있게 움직였다.

出發
날출 필발
7급 5획 6급 12획

"아니, 저게 뭐지?"

율도국 앞바다를 지키던 군사들이 다가오는 배의 행렬을 보고 눈이 휘둥그레졌다.

"앗, 적이다!"

비로소 사태를 짐작한 군사들은 재빨리 초소 입구에 세워 놓은 말에 올라타고 철봉산으로 달렸다. 철봉산은 율도국 길목을 지키는 아주 중요한 진지였고, 이 진지를 지키는 태수 김현충은 율도국에서 가장 뛰어난 장수였다.

"장군님, 적의 침입입니다!"

숨이 턱에 닿도록 달려온 군사들은 흐르는 땀을 닦지도 못한 채 소리쳤다.

"적이라고?"

태수 김현충은 깜짝 놀라 자리에서 벌떡 일어났다.

"얼마나 되더냐?"

"군사를 가득 태운 배가 백여 척은 되는 것 같았습니다."

김현충은 한편으로는 군사를 도성에 보내 왕에게 적의 침입을 알리고, 자신은 직접 한 무리의 군사를 거느리고 바닷가로 내달았다.

그때 길동이 이끄는 군사들은 벌써 상륙을 시도하고 있었다.

上 陸
윗상 뭍륙
7급 3획 5급 11획

바다를 가득 메운 듯한 배, 나부끼는 깃발, 질서 있게 움직이는 군사들의 모습은 보기만 해도 기가 질릴 정도였다.

미처 손쓸 사이도 없이 길동의 군사들은 배에서 내려 바닷가에 정렬했다.

"으음, 늦었구나."

김현충의 입에서 탄식 같은 한숨이 새어나왔다.

이윽고 두 편의 군사들이 마주 섰다.

"도대체 네놈들은 누구이기에 우리 허락도 없이 이 땅에 들어왔느냐?"

김현충이 먼저 고함을 질렀다.

"우리는 율도국을 차지하기 위해 왔다. 얌전하게 항복하면 죄없는 군사들은 살아남을 수 있다. 어서 항복하라!"

길동도 지지 않고 소리쳤다. 쩌렁쩌렁 울리는 목소리였다.

"항복이라니, 얌전히 물러가지 않으면 이 칼이 용서하지 않을 것이다!"

각기 군사들을 뒤에 거느린 채 길동과 김현충이 맞붙었다. 조용하던 바닷가에 고함 소리와 함께 칼과 칼이 부딪치는 소리가 요란했다.

各 其
각각 각 그 기
6급 6획 3급 8획

그들은 눈 깜짝할 사이에 수십 합을 싸웠다. 그러나 김현충은 길동의 적수가 못 되었다.

길동의 칼이 바람 소리와 함께 허공을 가르자 김현충의 목이 떨어졌다.

"공격하라!"

길동이 소리치는 것과 동시에 '와' 하며 군사들이 우르르 몰려갔다. 장수를 잃은 율도국의 군사들은 허겁지겁 달아나기 바빴다.

이윽고 철봉을 함락시킨 길동은 백성들을 다독거린 다음, 대군을 지휘하여 바로 도성으로 향했다.

都 城
도읍도 재성
5급 12획 4급 10획

길동의 군사들은 사흘 만에 율도국 도성에 도착했다.

길동은 군사들에게 도성을 둘러싸게 했다. 그리고 격문을 써서 보내니, 그 내용은 다음과 같다.

의병장 홍길동은 율도국 왕에게 삼가 글월을 드리노라. 천하는 한 사람이 오래 지키지 못하는 법이라. 내가 하늘의 명을 받아 군사를 일으켜 철봉을 함락하고 물밀듯 들어가니, 왕은 우리 군사를 당할 만하면 싸우고, 그렇지 않으면 일찌감치 항복하여 살 길을 꾀하라.

율도국 왕이 그 글을 읽고 깜짝 놀라 얼굴색이 변했다.

"우리나라가 오로지 철봉을 믿었는데, 이제 그것을 잃었으니 어찌 그들에게 맞서 싸우겠는가?"

"황송하옵니다. 홍길동의 군대는 정말로 하늘이 낸 군대라는 말이 있사옵니다. 홍길동은 구름을 움직여 조화를 부리고, 축지법을 써서 눈 깜짝할 사이에 수천 리를 달리는가 하면, 둔갑술로 사람의 눈을 속이기도 하고, 병법과 무예가 뛰어나 우리 군사들은 그야말로 속수무책이었다고 하옵니다."

한 신하가 눈물을 흘리며 아뢰었다.

"이 일을 어찌하면 좋단 말인가?"

왕의 눈에도 눈물이 어렸다.

신하들은 목숨을 걸고 싸우자는 편과 항복하자는 편으로 나뉘었다. 그러나 결국은 항복하자는 편이 이겼다.

"싸움을 고집하여 이 나라의 순박한 백성들을 희생시킬 수는 없다."

왕은 마침내 여러 신하를 거느리고 길동에게 항복했다.

目
눈 목
6급 5획

길동은 성 안에 들어가 먼저 백성들을 다독거렸다.

"백성들은 동요하지 말고 각자 맡은 일에 열중하라. 절대로 억울하게 화를 당하는 일이 없도록 하겠노라."

날을 가리어 길동은 왕위에 올랐다. 율도국 왕은 의령군에 봉하고 마숙과 최철을 좌우 승상으로 삼은 후, 나머지 장수들에게도 다 작위를 주었다.

王 位
임금왕 자리위
8급 4획 5급 7획

그후에 조정의 모든 벼슬아치들이 다 나라의 영원함을 기리며 천세를 불러 하례했다.

"율도국 만세!"

"홍길동 대왕 만세!"

그 소리에 율도국 도성이 떠나갈 듯했다.

왕이 나라를 다스린 지 삼 년이 되었다.

산에는 도적이 없고 길거리에 떨어진 물건도 줍지 않으니 가히 태평성세였다. 언제나 먹을 것이 넘쳤고, 가는 곳마다 풍년을 노래하는 소리가 이어졌다.

왕이 백룡을 불러서 말했다.

"내 조선 임금께 표문을 지어 올리려고 하니, 경은 수고를 아끼지 마시오."

그리고 표문과 함께 홍씨 집안에 보내는 편지를 썼다.

"염려 마시옵소서. 맡은 바 소임을 다하고 오겠사옵니다."

백룡이 허리를 굽히며 말했다.

며칠 후, 백룡이 조선에 도착하여 먼저 표문을 올렸다.

임금이 그 표문을 보고 크게 칭찬했다.

"홍길동은 정말로 기이한 재주를 가졌다."

그리고 곧 신하들에게 명을 내렸다.

"홍길동이 율도국 왕이 되었다니, 이보다 더 큰 경사가 어디 있으리. 성대하게 잔치를 베풀어 율도국 사신들을 위로하도록 하고, 우리도 답례로 사신을 보내어 앞으로 두 나라가 더욱 사이좋게 지내도록 힘쓰라."

율도국 사신들을 위한 잔치가 끝난 후, 임금은 길동의 형 인형을 율도국에 답례로 보내는 사신에 명했다.

인형이 임금의 은혜에 감사한 뒤 돌아와 유씨 부인에게 그 일에 대해 말했다.

유씨 부인도 크게 기뻐했다.

"그거 듣던 중 반가운 소식이로다. 너 가는 길에 나도 함께 가고 싶구나."

便 紙
편할편 종이지
7급 9획 7급 10획

"뱃길이 험한데 괜찮으시겠습니까? 혹시 뱃멀미라도 하시면……."

그러나 유씨 부인은 뜻을 꺾지 않았다. 인형은 마지못해 유씨 부인을 모시고 출발했다. 사신 인형을 비롯하여 일행을 태운 배는 잔잔한 바람을 받아 순조롭게 나아갔다.

여러 날 만에 배가 율도국에 이르니, 왕은 먼저 향을 피운 탁자를 설치한 후 예를 갖추어 임금의 친서를 받았다. 그런 다음 유씨 부인과 인형을 반갑게 맞았다.

"어머님, 그리고 형님, 먼길 오시느라고 고생하셨습니다."

오랜만에 만난 가족들은 홍 판서의 산소에 참배하고 큰 잔치를 베풀어 즐겼다.

그런데 며칠 후, 유씨 부인이 갑자기 병을 얻어 세상을 떠났다. 길동과 인형은 슬퍼하며 아버지 홍 판서의 산소 옆에 모셨다. 그런 다음, 인형은 왕과 헤어져 조선으로 돌아와 맡은 일을 다하였음을 아뢰었다.

"수고 많았소. 그런데 이번 길에 모친상을 당했다 하니, 뭐라고 위로의 말을 했으면 좋을지 모르겠구려."

"성은이 망극하옵니다."

인형은 임금의 위로에 눈시울을 붉혔다.

使 臣
하여금 사 신하 신
6급 8획　5급 6획

율도국의 왕은 유씨 부인의 삼년상을 정성으로 마쳤다. 그러고 나자 그의 어머니인 대비가 세상을 버리니, 역시 아버지 홍 판서의 산소 옆에 안장한 후 삼년상을 마쳤다.

왕은 세 아들과 두 딸을 낳으니 큰아들과 둘째아들은 백씨의 몸에서 났고, 셋째아들과 둘째 딸은 조씨의 몸에서 났다. 큰아들 현을 세자로 삼고, 나머지는 모두 군으로 봉했다.

왕이 나라를 다스린 지 삼십 년 만에 홀연히 병을 얻어 세상을 떠나니, 그때 그 나이가 칠십이었다. 왕비가 그 뒤를 이어 세상을 떠나니, 선영에 안장했다.

그후로 세자가 즉위하여 대대로 이어내려가며 태평성세를 누렸다.

精 誠
정할 정 정성 성
4급 14획 4급 14획

핵심⁺ 인목대비(人穆大妃)

조선 제14대 왕 선조의 계비로, 영창대군(永昌大君)의 어머니다. 선조의 뒤를 이어 광해군이 즉위하자, 광해군 대신 영창대군을 왕으로 추대하려던 무리가 몰락하면서 영창대군은 강화도로 유배되고 인목대비는 서궁에 유폐되었다. 허균은 말년에 인목대비 폐모론, 즉 인목대비를 대비의 지위에서 몰아내자는 주장에 동조함으로써 결정적인 흠을 남겼다.

好樂好樂 **한자 노트**

뜻지 | 총 7획 | 부수 心 | 4급

마음(心)이 움직여 가는(士) 바를 가리켜 뜻이라 한다.

志望(지망) : 뜻하여 바람, 또는 그 뜻.

志願(지원) : 뜻이 있어 지망함.

志向(지향) : 생각이나 마음이 어떤 목적을 향함.

同志(동지) : 뜻을 같이하는 사람.

意志(의지) : 목적이 뚜렷한 생각이나 뜻.

내가 찾은 사자성어

처음초 뜻지 한일 꿸관

初 志 一 貫
초　지　일　관

내용 » 처음 품은 뜻을 이루려고 한결같이 밀고 나감.

격양가(擊壤歌)

'땅을 두드리며 노래한다'는 뜻으로, 중국 요(堯)임금 때의 태평세월을 노래한 것이다. 한 늙은 농부가 길가에 두 다리를 쭉 뻗고 앉아 한 손으로는 배를 두들기고 또 한 손으로는 땅바닥을 치며 장단에 맞추어 노래를 불렀다. '해가 뜨면 일하고, 해가 지면 쉬고, 우물 파서 물 마시고, 밭을 갈아 먹으니, 임금의 덕이 내게 무슨 소용이 있으랴'라는 내용이다.

은혜혜 | 부수 心 | 총 12획 | 4급
언행을 삼가고 어진 마음을 베푼다는 뜻이다.

惠存(혜존) : 자기의 저서나 작품을 줄 때 '받아 간직하여 주십시오'의 뜻으로 쓰는 말.
惠澤(혜택) : 은혜와 덕택.
恩惠(은혜) : 자연이나 남에게서 받는 고마운 혜택.
特惠(특혜) : 특별히 베푸는 혜택.

내가 찾은 속담

은혜를 원수로 갚는다

≫ 감사로써 은혜에 보답해야 할 자리에 도리어 해를 끼침을 이르는 말.

등용문 첫 번째 관문

내용 되짚어 보기

　홍길동은 조선시대 세종 임금 때 서울에 사는 홍 판서와 몸종 춘섬 사이에서 태어난 서자이다. 홍 판서가 낮잠을 자다가 용꿈을 꾸고 길몽이라서 본부인 유씨를 가까이하려 하였으나, 응하지 않으므로 춘섬과 관계를 하여 길동을 낳은 것이다.

　길동은 어려서부터 도술을 익히고 병서를 읽어 장차 영웅호걸이 될 기상을 보였으나, 출생이 천한 탓으로 아버지를 아버지라 부르지 못하고 형을 형이라 부르지 못하는 한을 품는다. 가족들은 그 비범한 재주가 장래에 화근이 될까 두려워하여 자객을 시켜 길동을 없애려 한다. 도술로 죽음의 위기를 벗어난 길동은 부모님에게 하직 인사를 하고 집을 떠난다.

그러다가 도적의 소굴에 들어가 그들과 힘을 겨루어 두목이 된다. 길동은 먼저 기이한 계책으로 해인사의 보물을 빼앗고, 활빈당이라 자처하며 기묘한 계책과 도술로써 팔도 지방 수령들의 재물을 빼앗아 가난한 사람들에게 나누어준다. 그러나 백성의 재물은 털끝만큼도 다치지 않는다.

길동은 함경도 감영에서 부정하게 모은 재물을 빼앗으면서 '아무날 전곡을 도적질한 자는 활빈당 행수 홍길동'이라는 방을 붙여둔다.

도적을 잡는 데 실패하자 함경 감사는 조정에 장계를 올린다.

팔도가 다 같이 장계를 올리는데, 도적의 이름이 홍길동이요, 도적당한 날짜도 한날 한시였다. 임금은 좌우 포도청으로 하여금 홍길동이라는 대적을 잡으라고 명하는데 그 도술을 당해내는 자가 없었다. 이에 임금은 홍 판서를 잡아 가두고 형 인형에게 경상 감사 벼슬을 내려 반드시 길동을 잡으라 한다.

그러나 그마저도 실패로 돌아가자, 마침내 길동의 소원

을 들어주기로 하고 병조 판서를 제수한다. 길동은 서울에 올라와 병조 판서 교지를 받은 후, 비로소 평생의 소원을 이루었다며 조선을 떠나 다시는 임금의 심기를 어지럽히지 않겠다고 약속한다.

길동은 약속대로 조선을 떠나 중국 남경으로 가다가, 산수가 아름다운 제도섬을 발견하여 부하들을 이끌고 그곳에 머물러 산다.

제도섬에서 열심히 농사를 짓고 군사를 훈련하며 보내던 어느 날, 망탕산에서 독화살을 만들 독초를 캐다가 요괴를 퇴치하고 볼모로 잡혔던 백 소저, 조 소저를 구해 아내로 삼는다.

아버지 홍 판서가 세상을 떠나자 길동은 명당을 마련해 모시고 정성스럽게 삼년상을 치른다. 그 뒤 길동은 제도섬 근처의 율도국을 정복하여 왕이 되어, 도적이 없고, 길에 물건이 떨어져도 줍는 사람이 없는 태평성세를 이룬다.

논술로 생각 키우기

1. 〈홍길동전〉에 나타난 당시 사회의 문제점에 대해 써 보자.

2. 길동이 집을 떠나게 된 계기가 된 사건은 무엇인가? 그리고 만일 여러분이라면 그런 경우 어떻게 했을지 생각해 보자.

3. 길동이 굳이 병조 판서가 되고 싶어한 까닭을 아는 대로 써 보자.

4. 길동이 아버지를 아버지라 부르고 형을 형이라 부를 수 있게 된 것은 언제인가?

5. 길동이 만든 활빈당이 한 일에 대해 써 보자.

6. 길동은 도술로 여덟 길동을 만들어 팔도의 탐관오리들을 혼내 준다. 자신과 똑같은 사람 여덟 명이 있다면 어떤 일을 하고 싶은지 써 보자.

7. 길동은 조선을 떠나 새로운 땅을 찾는다며 율도국을 침략한다. 이 일에 대한 자신의 생각을 써 보자.

8. 길동이 세운 율도국은 어떤 세상을 뜻하는가?

9. 자신이 생각하는 이상향에 대해 써 보자.

한자능력 검정시험 예상문제

다음 한자의 훈과 음을 써라.

1. 國

2. 男

3. 見

4. 夜

5. 貴

다음 훈과 음에 맞는 한자를 써라.

6. 다닐 행

7. 몸 신

8. 사람 인

9. 손 수

10. 하늘 천

다음 ( ) 안에 있는 단어를 한자로 써라.

11. 부모님의 (은혜)는 하늘보다 높고 바다보다 깊다.

12. 뜻하지 않은 (실수)로 일을 망쳤다.

13. 하루 (종일) 친구를 기다렸다.

14. (고생) 끝에 낙이 온다.

15. 우리 아버지 (고향)은 남쪽 바닷가이다.

다음 한자의 부수를 써라.

16. 家

17. 無

18. 話

19. 悲

20. 喜

다음 한자의 총획수는?

21. 兄

22. 惠

23. 赤

24. 死

25. 夜

다음 낱말에 맞는 한자를 보기에서 골라 써라.

보기	便 凡 測 誠 神 百 謝 約 品 兵

26. 성품 – 性(   )
27. 기약 – 期(   )
28. 백성 – (   )姓
29. 비범 – 非(   )
30. 예측 – 豫(   )
31. 병력 – (   )力
32. 정성 – 精(   )
33. 편지 – (   )紙
34. 감사 – 感(   )
35. 귀신 – 鬼(   )

다 풀었나요?

이제 여러분은 마지막 관문을 통과했습니다.

축하합니다.

1. 첫째 봉건적 신분제도로 양반과 상민 등 계층간의 구분이 뚜렷했다. 따라서 평생 동안 태어날 때부터 정해진 신분의 틀에 얽매어 살아야 했다. 둘째 적서의 차별이 엄격하게 지켜졌다. 길동의 예에서 볼 수 있듯이, 아무리 능력이 있어도 서자들은 자식으로서 대접받지 못하는 것은 물론, 벼슬길에도 나아갈 수 없었다. 셋째 관리들은 형편없이 부패하여 백성들로부터 착취와 약탈을 일삼았다. 그로 인해 농촌이 피폐해지고 도둑 떼가 활개를 쳤다.

2. 홍 판서의 소실인 초란이 특재라는 자객을 시켜 길동을 해치려 했기 때문이다. 초란을 비롯한 가족들은 그 비범한 재주가 장래에 화근이 될까 두려워 길동을 없애려 한 것이다. 도술로 죽음의 위기를 벗어난 길동은 부모님에게 하직 인사를 하고 집을 떠난다.

3. '아버지를 아버지라 부르지 못하고 형을 형이라 부르지 못하는' 서자의 억울한 한을 풀기 위해서, 법을 집행하는 병조의 우두머리가 되고 싶어한 것이다.

4. 자객 특재를 죽이고 집을 떠나던 날, 홍 판서가 다음과 같이 말했다. "내, 네가 품은 한을 짐작하고 있으니 오늘부터 아버지와 형을 부를 수 있도록 허락하겠다."

5. 주로 탐관오리와 팔도 지방 수령들의 재산을 빼앗아 가난한 백성에게 나누어 주는 일을 했다. 그러나 백성의 재물은 추호도 건드리지 않는 것을 신조로 했다.

7. 백성들이 먹는 것 입는 것 걱정하지 않고 평화롭게 지낼 수 있는 곳을 찾았는데, 거기가 바로 율도국이었다. 그런데 그 땅을 차지하는 방법이 평화롭게 지내는 사람들을 침략하는 것이었다. 자신들의 평화를 위해 전쟁을 택한다는 것은 너무 이기적이라는 생각이 든다.

8. 허균이 설정한 이상적인 사회이다. 조선에서 갈등 요소가 하나하나 해결되자 길동은 어디론가 떠나야 했다. 그래서 그는 조선도 중국도 아닌 새로운 공간인 율도국을 무력으로 점령하여 차지한다. 율도국은 고전소설에서는 처음으로 등장하는 이상향이라는 점에서 의의가 있다.

<세 번째 관문> 한자능력 검정시험 예상문제 해답

1. 나라 국	10. 天	19. 心	28. 百
2. 사내 남	11. 恩惠	20. 口	29. 凡
3. 볼 견	12. 失手	21. 5획	30. 測
4. 밤 야	13. 終日	22. 12획	31. 兵
5. 귀할 귀	14. 苦生	23. 7획	32. 誠
6. 行	15. 故鄕	24. 6획	33. 便
7. 身	16. 宀	25. 8획	34. 謝
8. 人	17. 火	26. 品	35. 神
9. 手	18. 言	27. 約	

일석이조, 우리고전 읽기 001

홍길동전

초판 1쇄 인쇄   2007년 12월 20일
초판 1쇄 발행   2007년 12월 27일

지은이_ 허균
글쓴이_ 이경애
펴낸이_ 지윤환
펴낸곳_ 홍신문화사

출판 등록_ 1972년 12월 5일(제6-0620호)
주소_ 서울시 동대문구 용두 2동 730-4(4층)
대표 전화_ (02) 953-0476
팩스_ (02) 953-0605

ISBN 978-89-7055-160-9 03810